北陸新幹線ダブルの日

西村京太郎

祥伝社文庫

目次

第一章　顕彰《けんしょう》の日　5
第二章　不明機　36
第三章　キ一一五剣《つるぎ》　74
第四章　戦中日記　113
第五章　折れる脚《あし》のこと　146
第六章　事故死　179
第七章　終章を捧《ささ》げる　213

第一章　顕彰《けんしよう》の日

1

　二〇一五年二月、北陸《ほくりく》新幹線の開業に備《そな》えて、この日、新駅の上越妙高《じようえつみようこう》駅で、新しい駅舎のお披露目《ひろめ》が開かれた。

　駅構内で行われたこの催《もよお》しには、ＪＲ東日本の社長や新潟《にいがた》県知事、あるいは、上越市長や柏崎《かしわざき》市長など、県内の市長たちが、参加した。

　その関係者の中で、ひときわ、目立っていたのは、二十代と思われる若い女性が、胸に、老人の写真を抱いて、出席している姿だった。彼女が持つ黒枠付きの写真の老人については、挨拶《あいさつ》に立った、ＪＲ東日本の社長が、言及した。

「待ちに待った、北陸新幹線が、いよいよ開業の運びとなりました。全て、工事に関連した人々、応援してくださった皆様の長年の努力の賜物《たまもの》であります。また、本来であれば、この場におられて、私どもと一緒に、喜ぶべき方が、一人いらっしゃいます。その方のお名前は、吉岡浩一郎《よしおかこういちろう》さんです。吉岡さんは、技術者として、北陸新幹線の工事のために、長年尽力されましたが、開業の日を待たずして、惜しくも亡くなられました。今、孫娘さんが、吉岡浩一郎さんの遺影を持って、そちらに参列されていらっしゃいます。この吉岡浩一郎さんのためにも、北陸新幹線が、今後、無事故で、北陸交通の重要な役目を担《にな》ってくれることを、切に願っております」

続いて、この吉岡浩一郎のために、柏崎市長が、挨拶した。

「僭越《せんえつ》でございますが、柏崎市が生んだ吉岡浩一郎氏について、説明させていただきます。柏崎といいますと、まず田中角労《たなかかくろう》氏の名前が浮かびますが、吉岡氏は地味ながら、戦中戦後を通して、わが国の鉄道事業に貢献されました。二人は奇《く》しくも、大正七年柏崎に生まれています。角労氏が、政界に進まれたのと違い、吉岡氏は、帝大工学部を卒業されると、陸軍航空技術研究所に進まれ、多くの陸軍機の設計・検査に当たられました。戦後は、国鉄に入り、その後JR東日本で、北陸新幹線の開発に尽力されました。よく、戦争中のゼロ戦や大和《やまと》の技術が、現在の日本の繁栄《はんえい》を招いたといわれますが、吉岡氏の場合も、その典型といえると思います」

会場には、その場の空気にはそぐわない男が一人、参列していた。

警視庁捜査一課の十津川《とつがわ》という警部である。

十津川がここにいるのは、今、ＪＲ東日本の社長と柏崎市長が言及した、吉岡浩一郎という技術者の件だった。

吉岡浩一郎は、今から十年前、東京で何者かによって殺されていた。その事件の捜査を担当したのが、捜査一課の十津川警部だったのである。

式典が終わった後は、参加者たちの、歓談の時間になった。

十津川は、遠慮がちに、吉岡浩一郎の孫娘、吉岡めぐみのそばに寄っていった。

十年前、事件が起きた時、彼女は、まだ高校生だった。その後、女性には珍しく、大学の工学部に入ったのだが、十年経《た》った今は、父の跡を継いで、新型車輛《しゃりょう》の研究製造に当たるＪＲの研究所に入り、技術者の一人になっていた。

二人は、会場の一角にある、テーブルで、コーヒーを飲みながら話し合った。

「あなたの顔を見ると、まず、申し訳なさが先に立ってしまって、何といったらいいのか、分からなくなってしまいます」

十津川が、いうと、吉岡めぐみは、何もいわずに、頭を下げた。

「ただ、私たち警視庁捜査一課では、今でも、お祖父《じい》さんが殺された事件について、犯人の逮捕を、諦《あきら》めてしまったわけではありません。いつか必ず、犯人を検挙しようと思っています」

と、十津川が、いった。

「ありがとうございます。私も、いつか必ず、祖父を殺した犯人が、捕まると信じています。ただ、今日一日だけは、祖父も、あの世で喜んでいると思うのです。何といっても、北陸新幹線が、新潟を走ることは、祖父の夢でしたから」

と、めぐみが、いう。

「考えてみると、十年前、吉岡さんが亡くなられた時は、ちょうど八十七歳でした。ですから、もし、今生きていらっしゃれば、九十七歳、あと三年で百歳ということになっていたんですね」

十津川は、十年前を思い出すような口調で、いった。

「失礼ですが、めぐみさんは、今、どのように、おすごしですか?」

「いい人を見つけて早く結婚しろと、そればかり口やかましくいっていた母が、二年前に亡くなりました。結婚を急《せ》かす人間がいなくなったので、ついつい、呑気《のんき》にしております」

めぐみが、笑いながら、いった。

　久しぶりに、吉岡めぐみに会うと、どうしても、事件のことと、死んだ吉岡浩一郎のことになってしまう。

「私が十年前、吉岡浩一郎さんの事件を担当した時、いちばんの悩みは、私が戦後の生まれ、つまり、戦争を知らない人間だということでした。吉岡さんは、バリバリの、戦中派で、戦争中は、陸軍航空技術研究所の部長をされていた。歳《とし》の差というものを、普段、あまり感じないのですが、その間に戦争が入ると、私には、戦争中、生死の境にいた人たちの、気持ちというのが、もう一つ、分からなくなってくるのですよ。ひょっとすると、十年前のあの事件が、解決できずにいるのも、そのせいかもしれないと、今、考えています」

　十津川が、いうと、めぐみも、笑顔になって、

「十津川さんの、今おっしゃったことは、私にも、よく分かります。私も、もちろん戦後の人間ですから、祖父が生きていた頃、戦争の話を聞かされると、肝心《かんじん》なところが分からなくて困りました。戦争中、大変苦労したということは、言葉として分かるのですけど、死が日常化していた雰囲気というのが、どうしても理解できなくて」

　パーティが、お開きとなったところで、めぐみが、きいた。

「十津川さんは、いつお帰りになるんですか？」

「明日いっぱいこちらにいて、明後日の朝、東京に帰ろうと思っています」

と、十津川が、いった。

2

パーティ会場を出て、駅近くのビジネスホテルに入ると、そこには、亀井《かめい》刑事が、待っていた。

ルームサービスで夜食を取った後、しばらく二人で、事件について話し合った。

十津川が、上越妙高駅のパーティに出席している間、亀井は、一人で、殺された吉岡浩一郎のことを知っている、何人かの人間に会って、話を聞いて、回っていたのである。

「何か、新しい情報は、あったか？」

「残念ながら、新しい発見は、全くといっていいほど、ありませんでした。何しろ、十年前に、徹底的に調べ尽くしていますからね。したがって、いろいろな人に会って、話を聞いても、全て、十年前の捜査で、聞いたことの確認にすぎませんでした。これはという新しい情報は、なかなか出てきません」

「それでも、構わないさ。スタートラインに、立ち戻って、もう一度、再確認することも、大事だからね」

と、十津川が、いった。

被害者の吉岡浩一郎は、戦争中、陸軍航空技術研究所で働いていたといわれる。戦後は、その技術と経験を生かすべく、当時の国鉄に就職し、新型列車の開発に当たった。

東京で殺された時、吉岡浩一郎は、すでに八十七歳になっていた。

もちろん、国鉄での定年を迎えていたが、その後も引き続き、技術顧問として、国鉄に残ったのは、それだけ吉岡の知識や技術が、必要とされていたからだろう。

その後、国鉄が民営化し、分割されると、吉岡浩一郎は、自分の生まれ故郷である、北陸で働くことを希望して、JR東日本に移っている。

今回、金沢《かなざわ》まで走ることになった、北陸新幹線の車輛の設計などにも、吉岡浩一郎は、大いに、貢献しているといわれる。

「何人かの関係者に会いましたが、吉岡浩一郎のことを悪くいう人は、一人もいませんでした。吉岡浩一郎という人間は、仕事に対しては熱心で、そのうえ、他人には優しく、親切に、指導していたそうです。若い技術者からは、尊敬されていたと、誰もがいっています」

「その通りなんだよ。誰に聞いても、吉岡浩一郎という人間は、仕事熱心な勉強家で、彼のことを悪くいう人は、一人としていない。だから、なおさら、吉岡浩一郎が、殺された動機が、分からなくなってくる。彼が恨《うら》みを買う理由が、見当たらないんだ」

「そうです。彼が、人に恨まれて、殺されるはずはないと、多くの人が、いっています」

「だがね。吉岡浩一郎は、間違いなく東京で、何者かによって、殺された。これは、紛《まぎ》れもない事実なんだ」

十津川が、いうと、亀井が、思い出したように、

「そういえば、昼間、新潟県警の田代《たしろ》警部にお会いしたら、できれば、警部に、お会いして、いろいろと、お話ししたいといっていました」

その言葉に、十津川は、

「私も、田代さんには、会いたいと思っている。田代さんには、いろいろと調べてもらったので、お礼も、いいたいからね」

「ただ、田代警部も、新しい発見は、何もないといって、肩を、落としていらっしゃ

いましたが」

「そうだろうね。その点は、同じだ。ただ、今まで、取り上げてこなかったこと、大事だと、思っていなかったことの中に、あるいは、殺人の動機が、含まれているかもしれないからね。その辺のことも、田代さんと、話してみるよ」

と、十津川が、いった。

3

翌日、十津川は、県警の、田代警部と会い、昼食をともにした。

亀井刑事の方は、昨日、田代警部とは、すでに会って話をしているので、今日は、同席せず、吉岡浩一郎が働いていたＪＲの工場や、技術部門の責任者に会いに、一人で、出かけていった。

十津川は、柏崎市内の中華料理店の二階で、田代警部と会った。

「私も、そろそろ定年になります」

と、いきなり、田代が、いった。

「長年、県警で働いてきて、思い残すことは、あまり、ありませんが、一つだけ、やはり、十年前に、東京で起きた例の殺人事件のことだけは、どうしても、気になって仕方がありません」

「失礼ですが、そんなお歳には見えませんが」

「あと二年で、定年ですよ。刑事としての人生も、残りわずかに、なってしまいました。ですから、それまでに、あの殺人事件が、解決してくれるといいんですが。それができれば、定年への、いいはなむけに、なるんですがね」

「私も、東京に戻ったら、もう一度、事件を、調べ直してみますよ。何とかして、田代さんが、定年を迎える前に、事件を解決させましょう」

「ありがとうございます」

「私も、あの事件が、解決しないことに、忸怩《じくじ》たる思いがしているんです」

十津川も、正直な気持ちを、田代に、告げた。

二人が疑問に思っていることが、自然に、それぞれの口に上ってくる。

「あの時、私が、いちばん不思議に思ったのは、殺された吉岡浩一郎さんが、東京に行った理由なんです」

十津川が、いう。

「たしか、あの時は、東京の高校に行っていた孫娘さんに会うために、上京したということになっていましたね」

「吉岡浩一郎さん本人が、友人に、そういっていたというのは、私も、確認していま す。しかし、あの時は、まもなく、高校を卒業するという時で、孫娘のめぐみさんは、卒業後には、帰郷すると、祖父の吉岡さんにいっていたと、友人たちは証言しているんですがね」

「しかし、こちらで調べたところ、柏崎に住む友人たちには、吉岡さんは、孫娘に呼ばれたので、東京に、行くことになった。二、三日は帰ってこないと、いっていたそうです」

「東京に行った、本当の目的を知られるのがイヤで、孫娘さんのことを、ダシに使っていた。そういうことになってきますね」

「そうなると、本当は、誰かに、呼ばれて、急遽《きゅうきょ》、東京に行った。その可能性が大きいですね？」

「状況からすると、そう考えざるを、得ないんですが、いったい何の用事があって、東京に呼ばれていったのかが、分かりません。それが分かれば、容疑者に、近づくこともできるんでしょうが」

十津川は、小さく、ため息をついた。

十年前の捜査でも、ここで壁にぶつかり、犯人像を作ることが、できなかったからである。

「もう一つ、奇妙だったのは、もし、めぐみさんに会うために、東京に行ったとすると、その頃、彼女は一人で、マンション暮らしを、していたんですから、そこに、泊まればいいはずです。ところが、吉岡さんは、東京では、わざわざ、Ｋホテルに部屋を予約して、一人で泊まっています。そこが、何とも奇妙なんですよ」

「同感です。さらにいえば、東京に着いた翌日、吉岡さんは、何者かに会うために、ホテルを出て、東京の青梅《おうめ》の山中で、胸を刺されて死んでいました。しかも、一カ所ではなくて、四カ所も刺されていた。だから、われわれは、犯人は、よほど強く、吉岡さんのことを、憎んでいたに違いないと、考えざるを、得ませんでした。これは、明らかに、物盗《ものと》りの犯行ではなくて、恨みによる殺人だと、断定しました。ただ、さっきもいいましたが、吉岡さんのことを誉《ほ》める人はいても、悪くいう人は一人もいませんでした。ですから、なおさら、あの殺人事件が、不可解なものに思えて、仕方なかったんです」

「吉岡さんは、ＪＲ東日本の技術顧問として働いている間、上からも下からも、信頼されていて、全く、恨まれていません。そんなことから、何か、戦争中にあったことが、殺人の動機になっているのではないかと、思ったりもしたんですが」

六十近い田代警部が、いった。

十津川も、うなずいて、

「私も、田代さんと同じように、考えたことがありました。吉岡浩一郎さんは、父親が陸軍少将までいっていて、自分も、太平洋戦争に、参加しています。しかし、陸軍の航空技術研究所の部長として、飛行機の設計や検査などに従事していただけで、兵士として、実際の戦闘には、参加していない。ですから、敵兵も、殺していません。つまり、誰かから、恨まれることは、戦争中でも、なかったと思われます」

「同感です」

「そこで、私は、こう、考えてみました。吉岡さんは、生まれ故郷の、北陸でもなく、また、JR東日本の研究所でもなく、東京で、殺されました。ですから、殺人の動機も、東京にあるのではないのか。戦争中も、戦後の国鉄時代も、吉岡さんはずっと、東京で、働いていますからね。それと、もう一つ、これは私の想像なんですが、殺された吉岡さん自身も、犯人が分からなかったのではないでしょうか？　自分が、犯人から狙《ねら》われた理由が、分からなかったのではないかと、考えたのです。自分では、悪いことは、何一つしていないと、思っている。しかし、気がつかないうちに、誰かを、傷つけてしまっていた。あるいは、怨《うら》みをかっていた。それが、原因で殺されてしまう。そういう事件が、たまに、ありますから。吉岡さんの事件も、もしかしたら、そういった類《たぐい》の事件ではないかと、考えてみたりもしたんです」

「私も、同じように考えたことがあります」

田代が、いう。

「あの頃、何度かお会いして、お互いに、意見を交換し合ったことがありましたね。私は、吉岡さんが子供の頃、陸軍時代、戦後になってからの国鉄時代、それを、徹底的に調べました。しかし、吉岡さんは、戦争中も、戦闘には参加せず、ずっと、研究室にこもっていたようですから、気がつかずに、相手を、傷つけているということは、ちょっと、考えにくかったんです。国鉄時代も同様です。誰もが、日本の再建ということで必死になっていましたし、吉岡さんも、人一倍、その思いが、強かったようですから、人に恨まれることなど、全くなかったと思うんですよ」

「同感です。それに、もう一つ、殺されたのは、今から十年前、その時点で、戦争が終わって、六十年も経っていますからね。戦争中とか、戦後すぐの国鉄時代に、殺人の動機があるとは、とても思えなかったんです」

仮に、吉岡浩一郎が、殺された理由が、戦争中にあったとしても、殺されたのは、すでに、六十年も経ってからである。戦争が終わって、六十年間も、犯人がずっと、吉岡浩一郎に、殺意を抱《いだ》き続けていたというのは、少しばかり考えづらかった。

「当時、高校生だっためぐみさんに、何か、原因があるんじゃないかと、二人で考えたことがありましたね」

と、田代が、いい、十津川が、うなずいた。

「吉岡さん本人に、殺される原因が、ないとすると、どうしても、家族ということになってきますからね。それに、殺されたのが、東京ですから、どうしても、その時、高校生だっためぐみさんに、原因があるのではないかと、考えてしまうんですよ。もちろん、この線も、調べました」

二十八歳になった今も、吉岡めぐみは、美人である。十年前は、美人というよりも、可愛《かわい》らしい感じを受けていた。だから、若い男子学生から狙《ねら》われていたとしても、決しておかしくはないのである。

当時、吉岡めぐみが通っていたのは、都心にあるT高校だった。

そこに、彼女に好意を持った、男子学生がいた。ところが、その男子学生が、いつの間にか、ストーカー行為を働くようになり、彼女に付きまとい始めた。

思いあぐねた吉岡めぐみが、故郷の柏崎にいる、祖父の浩一郎に、相談したとする。

浩一郎は、慌《あわ》てて上京し、相手の男子学生に会う。

しかし、二人で話し合っているうちに、何かのトラブルになり、カッとした男子学生が、吉岡浩一郎を刺殺してしまった。

そうした可能性も、否定できなかった。

というのも、吉岡浩一郎の身辺から、殺害されるような動機が、全く得られなかったため、十津川たちは、そんな推測さえ、せざるを得なかったのだ。

十津川は、あの時、部下の刑事たちに命じて、その点について、情報を集めさせた。

その結果、吉岡めぐみに好意を持っている男子学生が、二人いることが、分かった。

しかし、この二人を、いくら調べても、めぐみに対して、ストーカー的な行為は働いていないし、肝心の殺人事件が、起きた日には、二人とも、しっかりとした、アリバイがあったのである。

「柏崎警察署でも、同じような捜査をしましたよ」

と、田代が、いう。

「あの事件が起きた時、吉岡めぐみさんは高校三年生で、学校を卒業すると、故郷の柏崎市に帰ってきていました。ですから、柏崎市の若い男の中には、中学時代の同級生も含めて、彼女の存在を、知っている男が、何十人もいましたし、その中の一人が、ストーカーになって、東京に行き、吉岡めぐみさんに、アタックしていたとしても、決して、おかしくはなかったからです。しかし、これも、すぐ壁にぶつかってしまいました」

4

「もう一つ、問題になったのは、殺人現場でしたね？」

田代が、食事を済ませた後、コーヒーを、飲みながらいった。

十津川は、

「そうです。私たちも、死体のあった現場が、なぜ、吉岡さんの泊まっていた、Kホテルの室内か、ホテルの近くではないのか？　どうして、都心からかなり離れた青梅の山中で、吉岡さんの死体が見つかったのか？　まず、そこが疑問でした。吉岡さんが、わざわざ、犯人に、会いに行ったのか？　それとも、犯人が、自分の車に、吉岡さんを乗せて、都心のKホテルから、青梅まで連れていき、そこで殺したのか？　それを突き止めたいと思ったのです」

「ところが、吉岡さんの足取りは、つかめなかった……」

「事件の日、三月十日ですが、Kホテルに泊まっていた吉岡さんは、ホテルで昼食を済ませると、フロントに頼んで、タクシーを呼んでもらって、東京駅まで、行っています。そこまでは、分かっているのですが、そこから先が、分からない。中央《ちゆうおう》線に乗って、電車で、青梅まで行ったのか？　あるいは、東京駅で、犯人と落ち合って、中央線には乗らずに、犯人の車で、青梅まで行ったのか？　結局、どちらだったのかを、突き止めることができずに、捜査は難航し、その結果、未解決事件となってしまいました」

「殺害現場の周辺や、最寄り駅をあたっても、吉岡さんの足取りにつながるような、目撃情報は、なかったんですよね」

その先を促《うなが》すように、田代がきいた。

「そうなんです。現場周辺で、何日間かにわたって、徹底的なきき込みもやりました。しかし、中央線の、青梅駅周辺で、吉岡さんを目撃したという証言を、得ることはできませんでした。そのため、吉岡さんは、あの日、東京駅から、中央線に乗って青梅駅まで行き、そこで、犯人と会ったという線はなくなって、東京駅から、犯人の車で、青梅まで行き、駅には立ち寄らず、そのまま、現場の山の中に、入っていったに違いないと、考えました」

「吉岡さんが、死体となって発見されたのは、たしか、殺されてから、二日ほど経っていたんじゃありませんか？」

「その通りです。死体を司法解剖《かいぼう》したところ、三月の十日に、殺されていることが、分かりました。死体が発見されたのは、三月の十二日です」

「なるほど」

「司法解剖の結果、凶器で刺されたのは、四カ所、そのうちの二カ所は、心臓にまで達していて、それが致命傷になったと、解剖をした医者は、いっています」

「私も、東京で、吉岡さんの死体を確認しましたが、それは無残なものでした。犯人は、すでに、吉岡さんがこと切れたあとも、正面から、吉岡さんの胸や腹を刺している。それを見る限り、犯人は、吉岡さんに対して、かなり強い怒りや恨みを、抱いていたように思えます」

「全く同感です」

「あの時、十津川さんは、犯人は、強い憎しみを込めて、被害者の胸や腹を刺したと、何度もいわれましたね？」

「死体を、見た限りでは、そう思わざるを、得なかったんです。田代さんが、いわれたように、犯人は、すでに、吉岡さんが、死んでいることが、分かった後でも、執拗《しつよう》に、刺していると、思えますから」

「それで、犯人の動機が問題になった」

と、田代が、いう。

すでに、十年が経過しているので、いちいち確認するような、話し方になってしまうのは、仕方のないことだった。

「現場の様子から見ると、吉岡さんは、青梅の山中に、犯人によって連れ込まれ、必死に、逃げようとしたに違いないと想像しました。伸びきった野草が、かなりの広い範囲で、押し倒されていましたから、吉岡さんは、その周囲を必死になって、逃げ回ったことは、間違いありませんね。犯人が、それを、追いかけていって、ナイフで刺したんですよ。四度もです」

「しかし、あの現場から、犯人を特定できるような、証拠品は、何も、見つからなかったわけでしょう?」

「たしかに。いくら調べても、犯人の遺留品は、何も見つかりませんでした。使用された凶器も見つからなかったので、犯人が、持ち去ったとしか考えようがありませんでした」

「十津川さんは、犯人は、車を使って現場まで、吉岡さんを、運んでいった。その車は、普通の大きさの、乗用車で、軽自動車ではないと、いわれました」

田代も、十年前を、思い出させるような形で、きいた。

「現場の周辺は、車で、雑草が踏みつけられていました。タイヤの幅から、車は、軽自動車ではなくて、一般の乗用車の大きさだと、断定しました。草の上で、タイヤの跡などは、見つからなかったので、どんな自動車が、使われたのか、どこのメーカーの車なのかも、不明のままです」

「もう一つ、あの頃、十津川さんが、いわれたことが、ありましたよ。今回の犯人は、ひょっとすると、単独犯ではなくて、複数犯かもしれないと」

「たしかに、そんなことを、いったかもしれませんが、今に至るも、自信はないんです」

「複数犯の可能性があると、今でも、思っていらっしゃるんですか？」

「そうです。司法解剖をした結果、四カ所の傷口は、一カ所だけ、ほかとは、異なっていた。違った凶器が使われている可能性がある。もし、一カ所だけ、違う凶器が使われているとしたら、単独犯の人間が、相手を刺しながら、途中で、刃物を変えるなどということは、まず、考えられませんからね。それで、複数犯かもしれないと、考えたのです。ただ、これは、単なる、私の想像で、確証はありません」

「しかし、犯人が、複数だとすると、動機の確定は、ますます、難しくなってくるんじゃありませんか？」

田代が、いう。

「犯人が一人でも、吉岡さんには、人に恨まれる理由が見つからないんですから、複数になったら、なおさら、動機が見つからなくなってきます」

「わかります」

「たしかに、犯人が一人ならば、何となく、相手を、刺し殺すところまではいかないような気がします。しかし、二人ならば、お互いに、感情が高まって、最終的に、相手を、刺してしまう可能性もあり得ると思います」

と、十津川が、いった。

「十津川さんは、十年ぶりに、柏崎まで来られました。そして、吉岡さんの事件について、もうお一人の亀井刑事と一緒に、当時の関係者に、きき取りをしておられる。何か新しい情報でも、警視庁に入ったのでしょうか？」

改まった口調で、田代が、十津川に、きく。

「特に、新たな情報が、入ったというわけではありません。一定の期間が経過した、未解決の事件を、もう一度、見直してみよう、ということです。ただ、十年前と同じ捜査をしていたのでは、また、壁にぶつかってしまうのは、目に見えています。ですから、どこかで、この事件についての新しい切り口を、見つけたいと、思っています」

十津川が、いうと、田代も、うなずいて、

「さっき、申し上げたように、私は、あと二年で、定年を迎えます。その間に、何としてでも、吉岡さん殺しの犯人を、捕まえたいと思っているのです。もし何かあれば、遠慮なく、電話をください。私にできることであれば、どんなことでも、ご協力しますよ」

5

田代警部と別れた後、十津川は、携帯で、連絡を取り、同じ柏崎市内の喫茶店で、亀井刑事と、落ち合った。

その店の壁にも、北陸新幹線の開業を祝うポスターが、張ってあった。新幹線の車輛を大きく載《の》せた、ポスターである。

ここでも、コーヒーを飲みながらの、話になった。

「吉岡さんの働いていた、JR東日本の研究所で、何人かの研究員に、吉岡さんのことを聞いてきました」

亀井が、いう。

「それで、何か、収穫があったか？」

「残念ながら、捜査の参考になるような収穫は、ありませんでした。ただ、JR東日本は、今回の新幹線開通の記念事業の一つとして、写真集を出すそうです」

「写真集？」

「そうです。北陸新幹線の、写真集です。北陸新幹線の、開業に関する写真、あるいは、北陸新幹線の、列車などの写真と一緒に、亡くなった吉岡浩一郎さんの記事も、写真集に、載せるそうです」

「そうか。吉岡さんは、今回の北陸新幹線開業の功労者の、一人でもあるからな」

「研究所の皆さんも、そういっていました」

「そうなってくると、ますます、功労者の吉岡さんを殺すような人間は、いないことになってしまうね。動機も分からなくなってくる」

十津川が、いうと、亀井は、

「しかし、不思議ですね」

「不思議って？」

「だって、戦争中の、ゼロ戦や戦艦大和の技術が、戦後の新幹線に生きていると、いうじゃありませんか？　その点、吉岡さんも戦争中は、陸軍の飛行機の設計なんかを、やっていたわけでしょう？　それが、北陸新幹線に生きているという。だから、不思議だと、思ったんですよ」

「ひょっとすると、そこが、カギなのかもしれないな」

と、十津川が、いった。

「カギですか？」

「そうだよ。吉岡さんは、戦争中、陸軍航空技術研究所にいて、新型機の研究などをやっていた。戦後は、その技術を生かして、国鉄と、JR東日本で、働いていた。つまり、吉岡さんは、戦争中も戦後も、華《はな》やかな職場で、活躍していた。そのことを、面白く思わない人間が、いたのかもしれない」

「どんなふうにですか？」

「今回の戦争は、敗《ま》けたから、国民全部がひどい目にあったと考えがちだが、そうとばかりはいえないケースもあるだろう。敗戦の中でも、いい思いをした者もいれば、ひどい目にあった人間もいる。平和な時よりも、戦争中ひどい目にあった人間は、得をした人間を憎むものだ。それが殺人の動機になっているんじゃないかね？」

「それで、戦時中、ひどい目にあった人間が犯人ということですか？」

「それも、吉岡さんのおかげで、ひどい目にあった人間だよ」

「ある人間から見ると、吉岡さんという人は、どんなふうに見えるんでしょうか？」

「ひたすら、うらやましい存在だったんじゃないか」

「吉岡さんは戦争中、いい思いをしていた。さらに、戦後も、新幹線の研究にかかわって、いい思いをしている。そのことに、腹を立てていた人間が、いたのかもしれませんね」

「カメさんのその考え方は、いいところを突いているよ」

「戦争中の行為が、問題にされ、戦後、BC級戦犯として処刑された軍人や軍属が、たくさんいます。そういう人たちは、戦争中は威張《いば》っていたり、いい思いを、していたんですから、ある意味、仕方がありません。ところが、吉岡さんの場合は、戦争中にいい思いをしていたのに、戦後になってもなお、いい思いを続けている。それが許せないという人が、いるかもしれません。失敗者は、成功を続けている人間が、うらやましいし、腹が立ってくるんじゃありませんか」

「しかし、そこまで、行ってしまうと、ますます、容疑者が分からなくなってしまうんじゃないのかね？　吉岡さんを殺す動機を持つ人間の数が、多くなってしまうし、容疑者の範囲も広がってしまうからね」

「しかし、そこまで行かないと、この事件は、解決の糸口が、見つからないような気がします。われわれが、いくら懸命に調べても、犯人は浮かんできませんでした。ということは、犯人が、われわれの、想像する範囲の外にいるからではないかと、思うのですが」

十津川は、黙って、コーヒーを口に運んでから、

「そうなんだ。たしかに、カメさんの、いう通りなんだ」

と、いった。

「われわれは、犯人の動機について、調べた。だが、どうしても、それが、分からなかった。ということは、われわれが、動機を探そうとしている範囲の中には、本当の犯人の動機はなかったということになる。そうなると、カメさんがいったように、少しばかり、動機としてはおかしくても、もっと、範囲を広げたほうが、犯人に、近づけるかもしれない。いや、範囲を広げなければ、十年前と同じように、また、壁にぶつかってしまうだろう。だから、少しばかり、動機としてはおかしいと、思われるよ

うなことであっても、これから、調べていこうじゃないか」

「具体的に、どんなケースが考えられますか？」

「そうだな」

と、十津川は、少し、考えてから、

「私が聞いた範囲では、吉岡さんは、戦争が終わってから、国鉄に入り、やがて定年を迎えたが、そのあとも、請《こ》われて、顧問として残った。国鉄が民営化されてからも、生まれ故郷のＪＲ東日本で、新幹線の技術について、あるいは、今後の新幹線の計画について、講演もしている。それも、一回五十万から百万円の報酬だといわれている。その講演で、感銘《かんめい》を受けた人もいるだろうが、中には、反感を持つ人もいたんじゃないか」

「そんな人が、いるでしょうか？」

「ああ、いるさ。新幹線というのは、大変便利な乗り物だが、スピードをどんどん上げていくことに対して、反対だという人もいる。騒音公害だという人もいる。スピードによる公害だってあるはずだ。そうした人間は、吉岡さんの講演に、腹が立つに違いない。そこで、吉岡さんを、東京に呼び出して、議論を吹っかけた。ところが、吉岡さんは大人だから、いいようにあしらわれた。それでカッとなった犯人は、持っていた、護身用のナイフで、吉岡さんを、刺してしまったんじゃないか？　そのあと、自分の車で、青梅の山中まで死体を運んでいって、捨てた。そして、あたかもそこが、殺害現場だと、思わせるような、偽装工作をした。少しばかり、突飛だと思われるかもしれないが、全く考えられないことじゃない」

「たしかに、警部のいわれる通り、文明が、どんどん発展していくにつれて、人々の意見も、多様化しますからね。新幹線のスピードが、好きで、もっと速くしろといって、リニアモーターカーが、できることを喜んでいる人もいれば、逆に、そんな、スピードを競うだけの社会には、反対で、もっと、ゆっくりのんびりとするのが、人間にとってはいちばんの幸福なんだと、主張する人もいますからね。ただ単に、お互いの意見を交換するだけならいいですが、中には、本気で腹を立ててしまう人もいるかもしれません」

と、亀井が、いった。

6

この日、十津川と亀井は、ビジネスホテルにもう一泊し、翌朝、朝食を済ませてから、東京に帰ることにした。

ホームに、吉岡めぐみが、息を切らしながら現れた。

「お二人に、お渡ししたいものがあったので、急いで来ました」

と、めぐみが、いい、

「これを東京に持っていってください」

と、彼女が取り出したのは、一枚の、額《がく》だった。

そこには、ゼロ系といわれる、東海道新幹線の車輛の写真が、入っていた。

「実は昨日、祖父の遺品を、もう一度、整理し直してみたんです。そうしたら、これが、出てきました。一見したところ、昔の新幹線の写真です。ところが、額を外してみたら、中にもう一枚、別の写真が、入っていたんです。古い写真です。どうして、こんなものを、祖父が大事に、ここに入れておいたのかは、分かりませんが、もしかしたら、何か、捜査のお役に、立つかもしれません。ですから、十津川さんに、お預けします。後で見てください」

と、めぐみが、いった。

列車がやって来て、十津川たちは、席についてから、吉岡めぐみに、渡された額を調べてみた。

彼女が、いっていたように、ゼロ系の新幹線の写真の下に、もう一枚、別の写真が入っていた。

かなり古い、白黒の写真である。

それは、プロペラ機の写真だった。海軍でいえば、ゼロ戦に、陸軍でいえば、隼《はやぶさ》にどこか似ている、昔の飛行機である。

しかし、よく見れば、ゼロ戦でも隼でもなかったが、写真には、何の説明もなかった。

十津川にも亀井にも、何という飛行機か分からない。

しかし、吉岡めぐみの言葉を、信じれば、亡くなった吉岡浩一郎は、この白黒の飛行機の写真を、新幹線の写真の下に、隠して、大事に保存しておいたらしい。

(この飛行機の写真が、迷宮入りしている殺人事件の、参考になるというのだろうか?)

そう考えながら、十津川は、じっと、その飛行機の写真を、見つめていた。

第二章　不明機

1

そこに写っている飛行機は、十津川が、いくら写真を見直しても、知らない飛行機だった。日の丸のついたプロペラ機だから、戦争中の軍用機だということは間違いない。

第二次大戦の時の日本の車や飛行機、例《たと》えば、ゼロ戦、一式陸攻《いちしきりくこう》、あるいは、アメリカのB29などのことは、今までに何度か、本で読んだことがあるので知っているのだが、今、十津川の目の前にある白黒写真に写っている飛行機には、見覚えがなかった。彼の記憶にない飛行機である。

「カメさん」

と、十津川は、声をかけて、

「君は、太平洋戦争に詳《くわ》しいらしいから、この飛行機についても、何か知っているんじゃないのか？」

「別に、私は、太平洋戦争に詳しいわけじゃありませんよ。それに、戦争に詳しいのは、私ではなくて、実は、息子です。息子はちょっと変わっていて、飛行機が好きなんですが、最近の、新しいジェット機には、あまり興味がないみたいなんですよ。どうしてなのかは分かりませんが、第二次大戦の時の日本や、アメリカの飛行機、プロペラ機が好きなようで、その写真をやたらに集めています」

「戦時中の飛行機に、詳しいのは、カメさんじゃないのか」

「そうです。東京に着くまでには、まだ時間がありますから、写真を息子に送ってきいてみましょう。もしかしたら、息子が、何か、知っているかもしれません」

亀井は、問題の写真を携帯で撮り、東京にいる息子に、送った。

十二、三分して、亀井の携帯に、返事が返ってきた。そこには、こうあった。

〈僕にも、分かりません。今までに、一度も見たことのない飛行機です。日本は、戦争が終わりかけた頃、盛んに試作機を作っていたそうですから、おそらく、その中の一機ではないかと思います。一機しか作らず、一度も飛ばないうちに、戦争が終わってしまったこともあったみたいですから〉

「息子は、日本軍が戦争の末期に作った試作機で、おそらく、一機しか作らず、戦争にも参加することのなかった飛行機ではないかと、いっていますが」

亀井が、いうのに対して、十津川は、

「息子さんの知識に、けちをつける気持ちは毛頭《もうとう》ないが、ちょっと、違うと思うね」

と、十津川が、いった。

「違いますか？」

「少し違うんだ。この飛行機の垂直尾翼《びよく》のところを、よく見たまえ。66というナンバーが、書かれているだろう？」

「たしかに、66と書いてありますね。いったい、何の数字でしょうか？」

「部隊名のこともあるが、この場合は、この飛行機が作られた数だと思うんだ。六十六番目に作られたという意味だよ。だから、少なくとも、同一機種が、六十六機は、作られたんだ。そんなに数多く作られた飛行機が、実際の戦闘に一度も使われなかったというのは、ちょっと、考えにくいんじゃないかね」

「そうですね。警部のおっしゃる通りだと思います」

結局、何という名前の飛行機なのか、まったく分からないままに、二人の乗った列車は、東京駅に着いた。

二人が東京駅で降りると、十津川が、腕時計を見ながら、

「私は、これから、上野《うえの》の図書館に行って、例の飛行機について、調べてみる。君は一足先に帰って、三上《みかみ》刑事部長に、向こうでのことを、報告しておいてくれ」

と、いい、東京駅から、山手線《やまのて》で上野に向かった。

上野の図書館で『日本の軍用機』という写真集を借りて、その中に、問題の飛行機を探した。

日本の陸軍も海軍も、戦争の末期になると、やたらに戦闘機や爆撃機の試作機を作っている。これは、陸軍でいえば、隼、海軍でいえば、ゼロ戦の後継機が育たず、その逆に、アメリカ軍の戦闘機の性能は、飛躍的に向上し、結局、日本の戦闘機は、負けてしまうことが多くなったからである。

そこで、必死になって、ゼロ戦や、隼に代わる戦闘機の開発を急いだのである。

だから、終戦間際《まぎわ》になって、やたらに、試作機が作られ、試作機だけの写真もあった。

しかし、終戦間際になって、かろうじて参戦できたのは、海軍の紫電改《しでんかい》か、陸軍の鍾馗《しょうき》ぐらいのものだろう。

爆撃機でも、何機かの試作機を、作っていた。おそらく、B29の空襲が激しくなって、それに、対抗できるような重爆撃機を、作ろうとしたのだろう。深山《しんざん》、あるいは、連山《れんざん》といった名前の、四発エンジンの重爆撃機が、写真集には、載《の》っていた。

その大きさから見て、B29に対抗しようとして設計され、試作機が作られたことは、明らかである。ほとんど同じ大きさだからだ。

しかし、深山や連山と名付けられた重爆撃機は、結局、四、五機しか作られず、戦闘に参加したとはいっても、アメリカの大都市を、爆撃したわけではなく、単に、輸送機として使われただけだと、写真集の解説に書いてあった。

問題の写真は、どう考えても戦闘機である。

そこで、十津川は、問題の戦闘機と写真集に載っている戦闘機とを、一機ずつ比《くら》べていった。

写真集には、ゼロ戦や隼から、幻と呼ばれる設計段階の戦闘機の写真まで載っているのだが、仔細《しさい》に見ても、肝心《かんじん》の戦闘機と同じものは、発見できなかった。

（おかしいな）

十津川は、首を傾《かし》げた。

陸海軍の実戦に参加した戦闘機から、試作機の段階の戦闘機まで、三面図まで載っているのに、ナンバー66の数字が垂直尾翼に書かれている問題の飛行機については、『日本の軍用機』という写真集の中には、どこを探しても載っていないのである。

図書館には、陸軍だけの、軍用機の写真集もあったので、十津川は、その写真集も調べてみることにした。吉岡浩一郎は、陸軍の航空研究所で働いていたと、履歴には書いてあったからである。

こちらの写真集には、隼や飛燕《ひえん》の、さまざまな発展型の写真も、すべて、載っていた。

さらに、試作機のままで終わってしまった、何機かの陸軍の戦闘機については、写真はないが、丁寧《ていねい》に描《えが》かれた絵が、添えられていた。

そんな写真を見、解説を読んでいるうちに、十津川は、自然に、軍用機の知識が、溜《た》まっていった。

緒戦で活躍した陸軍の隼、海軍のゼロ戦は、重量の軽い、いわゆる軽戦闘機と呼ばれる飛行機である。

そのうちに、アメリカ軍のほうは、隼やゼロ戦の重さの、二倍以上もある、いわゆる重戦闘機を量産して、対抗してきた。

その重戦闘機が、F6Fや、P47、P38である。こうした重戦闘機は、脅威《きょうい》的なスピードと、重装備で、隼やゼロ戦を圧倒した。

日本の隼もゼロ戦も、最高速度は、とうとう最後まで、六百キロに達することがなかったし、装備も小さかった。

ゼロ戦は、機首に、七・七ミリの機銃二丁を、翼には二十ミリ機関砲を二門、装備していた。軽戦闘機としては、かなりの重武装である。しかし、弾丸は、わずかしか積めなかった。

陸軍の隼にいたっては、機首に機関銃を二丁積んだだけで、翼の中に、強力な機銃や機関砲を備《そな》えつけるようには、最初から作られていなかった。

日本が、スピードや火力の優《すぐ》れた、重戦闘機が、作れなかった理由の一つが、皮肉なことに、ゼロ戦にあったといわれる。

ゼロ戦は、軽戦闘機である。

しかし、機関砲二門と、機銃二丁を備え、その上、何よりも、航続距離が二千キロを超えていた。

アメリカが、グラマンF6Fや、リパブリックP47サンダーボルトのような重戦闘機を続々と作り出してきたのに、日本軍が、最後の最後までゼロ戦に固執《こしつ》していたのは、ゼロ戦自体が軽戦闘機であったのに、重戦闘機に匹敵するような重武装と、長い飛行距離を誇っていたからに違いない。ただ、当然、ゼロ戦は、防御力とスピードを犠牲にした。

そのため、日本でも、重戦闘機の要望があった。

しかし、最大の壁は、大馬力のエンジンの開発が遅れていたことである。

隼もゼロ戦も、どちらも、千馬力以下の戦闘機である。

もし、日本に二千馬力のエンジンがあったら、隼やゼロ戦にそのエンジンをつけ、アメリカのＦ６Ｆや、Ｐ47、Ｐ38のような重戦闘機に対抗して、戦闘に参加していたはずである。

しかし、日本は、二千馬力クラスのエンジンを、最後まで、作ることができなかった。作れても、故障の多いものだった。

十津川の手元にある、写真の飛行機、これは、どう見ても、軽戦闘機である。そのうえ、少なくとも、同じ飛行機が、六十六機は、作られているのだ。

それなのに、どうして、「日本の軍用機」という写真集に、この飛行機が、載っていないのだろうか？　同じ疑問にぶつかって、足踏みしてしまう。

問題の写真の戦闘機が、どうしても、見つからない。

十津川は、仕方がないので、『日本の軍用機』という写真集を、返却すると、今度は、吉岡浩一郎のことが書かれた本を、探すことにした。そちらから攻めようと思ったのである。

しかし、吉岡浩一郎の伝記といったものは、見つからなかった。それほど、大きな存在ではないということか。

十津川は、吉岡浩一郎が在籍していた『旧陸軍航空技術研究所』という名前の本を借りて、そのページを繰っていった。

2

そこには間違いなく、吉岡浩一郎という名前が載っていた。

吉岡浩一郎は最初、大学を卒業したあと、陸軍航空技術研究所の所員の一人として、この研究所に入った。入所後は、新型の戦闘機や爆撃機の設計グループの一人として働いていた。

わずか二枚半ぐらいしかない、吉岡浩一郎に関するページを、十津川は、熱心に読んでいった。

吉岡浩一郎は、一九一八年二月、柏崎市内の本町《ほんちょう》通りにあった裕福な家庭の長男として生まれている。東京帝大で航空機の設計や製作について学び、卒業すると同時に、陸軍航空技術研究所に入り、防空戦闘機、鍾馗の設計に参加している。

その後、いったん航空機の設計から離れ、もっぱら、陸軍の軍用機の検査に当たり、昭和二十年八月十五日の敗戦を迎えている。

しかし、写真の軽戦闘機については、一行の記載もなかった。

戦争が終わった後、吉岡浩一郎は、国鉄に入り、定年後も顧問として、ＪＲ東日本でも、働いていた。

この本には、旧陸軍航空技術研究所で、吉岡浩一郎と一緒に働いていた、技術者の名前も、何人か載っていた。

十津川は、その人たちの名前を全て、ノートに書き取った。もし、その中に、現在も生存している人がいたら、直接会って、吉岡浩一郎のことを、きいてみたいと思ったからである。

しかし、調べてみると、残念ながら、すでに全員が亡くなっていた。

それでも、十津川は、一人だけ、東京の住所が書いてあったので、その住所を訪ねてみることにした。

名前は、三浦康夫《みうらやすお》という。八十五歳で亡くなっている。

三浦康夫の住所は、武蔵野《むさしの》の面影《おもかげ》が残っている中央線の国分寺《こくぶんじ》だった。JRの駅を降りてから、一応、電話で、アポを取ると、亡くなった三浦康夫の息子、康彦《やすひこ》が、お会いしましょうといってくれた。

国分寺駅からバスに乗って十数分、閑静《かんせい》な住宅街の中に、三浦邸があった。

三浦康夫の一人息子だという、三浦康彦は、五十代で、現在は、三菱《みつびし》航空機に、勤務しているという。

「あなたのお父さんの三浦康夫さんは、戦争中、日本陸軍の、航空技術研究所で働いていらっしゃいましたよね？」

と、十津川が、きいた。

「はい、その通りです」

「お父さんは、当時のことを、息子さんのあなたに、何か、話したことはありませんか？　どんなことでもいいから、もし、覚えていることがあれば、教えていただけませんか？」

「いや。なぜか、私には、陸軍航空技術研究所時代のことを、話したことは、滅多《めった》にありませんでした。ただ、当時の友人が、訪ねてくると、酒を飲みながら、二時間でも三時間でも、その頃の話をしていましたよ」

「お父さんから、吉岡浩一郎という名前を、聞いたことがありませんか？」

「ありませんが、その吉岡浩一郎さんという人は、亡くなった父の、お友だちでしょうか？」

逆に、三浦が、十津川に、質問してきた。

「お父さんが、日本陸軍の航空技術研究所にいた時、一緒に、働いていた同僚です」

「そうですか。しかし、吉岡浩一郎さんという名前は、聞いたことがありません」

「お父さんが、陸軍航空技術研究所にいた頃の人や飛行機の写真は、ありませんか？」

「たしか、十何枚か、残っていますが、全部、当時の研究所の仲間と一緒に写した写真ばかりで、自分たちが設計した飛行機と一緒に写っている写真は、一枚もありません。お見せしましょう」

三浦康彦は、何枚かの写真が貼《は》ってあるアルバムを持ってきて、十津川に見せてくれた。

たしかに、そこには、仲間と一緒に写っている写真が十五枚ばかり、アルバムに貼

ってあったが、三浦康彦がいうように、自分たちが設計した飛行機と一緒に写ってい
る写真は、一枚もなかった。
ただ、写真の中に、吉岡浩一郎と思われる顔が見つかった。
「ああ、この人です。この人が、吉岡浩一郎さんですよ」
十津川は、その顔を指差して、三浦康彦に示してから、
「お父さんは、ここに写っている同僚の人たちについて、あなたに、何か話したこと
はありませんか？　特に、ここに写っている吉岡さんについて、お父さんが、何か話
したことはありませんか？　どんな小さなことでもいいんですが」
「いや、ありませんね」
と、三浦が、いう。
「そうですか」
と、十津川は、一瞬考えてから、
「どうして、お父さんは、自分たちが設計した飛行機と一緒に、写真を撮らなかった
んでしょうか？」
「もちろん、軍事機密であったことが、考えられます。それでも、もし仮に、こっそ
りと飛行機の写真を撮っていたとしても、自分たちの作った飛行機で、何十人、いや

何百人もの、若い命が失われているからじゃありませんか。それが辛《つら》いので、「飛行機の写真は、戦争が終わった時に、全部焼いてしまったのかもしれません」

と、息子の三浦が、いう。

（たしかに、そんなこともあるかもしれないな）

と、思って、十津川も、三浦の言葉に、納得した。

日本陸軍の隼にしても飛燕にしても、あるいは、海軍のゼロ戦にしても、日中戦争や、その後に始まった太平洋戦争でも、最初の頃、アメリカやイギリス、あるいは、オランダの戦闘機に対して、優位な戦いをすることができた。

（おそらく、そんな時ならば、三浦康夫も喜んで、自分たちの設計した飛行機と一緒に、写真を撮っていたに違いない）

と、十津川は、思った。

しかし、戦局が悪化して、状況が絶望的になってくると、陸軍も海軍も、特攻に活路を求め、作戦を変えざるを、得なくなっていった。

以前には、勇ましい空中戦を演じた隼にしても飛燕にしても、そしてまた、ゼロ戦にしても、それに乗っての特攻作戦が、始まったのである。

たしかに、その特攻機は、自分たちの設計した優秀な戦闘機であり、一時は、バッタバッタと、敵の戦闘機を次々に撃墜していたのである。

それが、最後には、特攻機として使われるようになった。当然のことながら、乗組員は、必ず死ぬのである。体当たりの道具になってしまったのだ。

特攻で死んだパイロットのことを考えると、自分たちが設計した飛行機の写真は、焼き捨ててしまいたいと思うのが、人情かもしれない。かつては、誇るべき駿馬《しゅんめ》だったのが、棺《ひつぎ》になってしまったのだから。

十津川は、持参した問題の戦闘機の写真を、取り出して、三浦康彦に見せて、

「この戦闘機について、お父さんが、何か、話したことは、ありませんか?」

しかし、三浦は、その写真をチラッと見ただけで、

「残念ですが、全く、分かりませんね。ひょっとして、父は、私に、何か、話したかもしれませんが、私は、昔から、軍用機については、全く興味がありませんでしたから、何も覚えておりません」

最後に、十津川は、

「戦時中の、陸軍航空技術研究所は、自分たちが設計した飛行機を、どこに、作らせていたんでしょうか?」

「それも、分かりませんが、中島《なかじま》飛行機という会社の名前を、亡くなった父から、聞

いたことがあります」

と、三浦康彦が、いった。

3

中島飛行機は、十津川が知っている限りでは、日本で初めての、民間航空機メーカーであり、戦時中、隼などを製作した会社である。そして、現在は、富士重工業《ふじじゅうこうぎょう》（その後、SUBARU《スバル》と改名）という会社になっている。

十津川は、今度は、富士重工業の本社を訪ねて、話を聞いてみることにした。

十津川は、東京本社に行き、警察手帳を見せて、戦時中の、中島飛行機について、話をききたいというと、五十代の広報部長が出てきて、十津川に応対した。

「たしかに、戦時中、中島飛行機では、陸軍の隼を、作っていましたが、実は、海軍のゼロ戦も、作っていたんですよ。当時は、三菱重工業と半々ぐらいの機数で、ゼロ戦を作っていたと聞いています」

「実は、この写真の、飛行機ですが」

十津川は、問題の写真を、広報部長に見せながら、

「戦時中、中島飛行機で、作っていた飛行機じゃありませんか？」

一瞬、広報部長の表情が、変わったように見えたが、

「これは、中島飛行機が、作ったものじゃありませんね」

と、否定した。

「どうして、そう、いい切れるんですか？」

「広報部長の私が、知らない飛行機だからですよ。もし、中島飛行機で、作ったものであれば、私が、知らないはずはありません」

「では、どこの、航空機メーカーが、戦時中に作ったものでしょうか？」

十津川が、重ねてきいた。

「私にも、そこまでは、分かりませんが、少なくとも、中島飛行機で作ったものでないことは、たしかです。何しろ、私は戦後生まれなもので、中島飛行機以外のメーカーのことは、よく知らないんですよ」

と、相手が、いう。明らかに、逃げている答えである。

戦争中、主に、日本の軍用機を作っていたのは、三菱重工業、中島飛行機、そして、川崎《かわさき》重工業の三社である。また、川西《かわにし》航空機は、紫電改の他に、飛行艇《ひこうてい》も作っていた。

戦争中、飛行艇を作っていた、川西航空機は、現在も新明和《しんめいわ》工業で、自衛隊の注文で、四発エンジンの飛行艇を作っているはずである。十津川は、そんな話を聞いたことがある。

ここまで来ても、肝心の、飛行機のことが、分からないとなると、十津川も、少しばかり意地になってきた。

新明和工業では、十津川は、応接室に通されたが、その部屋のテーブルの上には、誇らしげに、現在、自衛隊が使っている、四発エンジンの飛行艇の模型が飾ってあった。

「お待たせしてすいません」

と、いって、若い広報部員が、応接室に入ってきた。

「新明和工業は、戦争中、飛行艇と、それからたしか、紫電改を、作っていたんじゃありませんか？」

十津川が、きくと、広報部員は、ニッコリした。

「ええ、その通りです。製造中の大型飛行艇と、かつて作っていた、紫電改は、ウチの自慢です」

「では、これは、どうですか？　こちらで作ったものじゃありませんか？」

十津川は、例の白黒写真を、相手に見せた。

広報部員は、しばらく、その写真を眺《なが》めていたが、

「いや、見覚えありません。ウチが、作ったものじゃありませんね。ほかの航空機メーカーが、戦時中に、作ったものだと思いますよ」

「しかし、どこのメーカーにきいても、この飛行機は、ウチでは、作っていないと、いうんですよ。おかしいとは思いませんか。番号から見て、六十六機は作っているはずなんですから」

「たしかに、おかしいですよね。明らかに、戦時中、日本の航空機メーカーが、作ったものでしょう？　したがって、どこかの航空機メーカーが、ウソをついているんだと思いますよ。もちろん、ウチ以外のメーカーですが」

相手は、きっぱりと、いった。

「形から見て、戦闘機だと思うのですが、陸軍の」

「そうですね。塗装から見て、陸軍の戦闘機と見て、まず間違いないでしょうね」

「戦争中、陸軍の戦闘機を、いちばん多く作っていたのは、中島飛行機じゃありませんか？」

「当時は、中島飛行機が、いちばんたくさん作っていたと思います。現在は、富士重

工業という会社になっていますが」

「もちろん、知っていますし、富士重工業にも行って、話を聞いたのですが、この写真の飛行機は、ウチで、作ったものではないと、否定されました」

「そうですか。じゃあ、どこが作ったんでしょうか？」

と逆に、若い広報部員が、問いかけてきた。

「海軍のゼロ戦を、三菱重工業と一緒に、中島飛行機が作っていたことはありますが、中島飛行機は、陸軍機メーカーと考えられていましたし、ほかの航空機メーカーが、陸軍の何か別の飛行機を、作っていたという話は、あまり聞いたことがありませんね。刑事さんが持っていらっしゃった、この写真の飛行機が、陸軍機というなら、まず間違いなく、中島飛行機だと思いますがね」

「この垂直尾翼のところに書かれている66という数字ですが、これは、何番目に作られたのかを示す数字ではないかと、思っているんですが、間違いありませんかね？」

「普通、三ケタのナンバーなら、所属部隊を示しています。４２６なら４２６部隊です。しかし、この二ケタのナンバーは、刑事さんがいうように生産機数かもしれません。仮のナンバーに見えますから」

「だとすると、六十六番目に作られた飛行機だということになりますね？」

「そうですね」

「試作機ということはありませんか？」

「試作機で終わったということですか？」

「そうです」

「試作機は、五、六機作られて、合否が決まります。六十六機も作られていたら、当然、正式に合格し、戦闘に参加していますよ」

「それなのに、どうして、中島飛行機、今の富士重工業の人たちは、否定するんでしょうか？」

「さあ、どうしてでしょうかね。私には、分かりません」

「念のために、もう一度、おききしますが、あなたの目から見て、この飛行機は、戦争中に中島飛行機が、作ったものと考えていいんでしょうか？」

と、十津川は、念を押した。

「塗装が、陸軍機の塗装になっています。当時、陸軍の戦闘機を多く作っていた会社は、中島飛行機ですから」

と、相手が、いった。

「六十六機というのは、製造数としては、少ないほうですか？　それとも、多いほうですか?」

　十津川は、最後に、きいた。

「ゼロ戦などは、一万機を超す数を、三菱重工業と中島飛行機で、作っていますが、これは例外です。特に戦争末期になると、極端に、少なくなります。そう考えると、六十六機というのは、それほど少ない数ではありませんよ。特に、試作機の場合でしたら、せいぜい五、六機程度しか作らなかったはずです。試作機でしたら、六十六機というのは多すぎます」

4

　十津川は、警視庁に戻った。

　上司の三上刑事部長に、帰庁の、挨拶《あいさつ》をする。

「吉岡浩一郎の生まれ故郷の、柏崎に行って、何か、収穫があったかね?」

　三上が、きく。

「残念ながら、収穫らしい収穫は、ありませんでした。柏崎市で聞いても、仏さんの、悪口をいう人は、一人もいませんでした。口を揃《そろ》えて、殺された吉岡浩一郎さんは、真面目で、責任感が強くて、信頼されていたといいますね」

「亀井刑事の話では、向こうで、吉岡浩一郎の孫の女性に、会ったそうじゃないか？」

「そうです。お会いしました」

「そのお孫さんの話によると、被害者の吉岡浩一郎は、亡くなった時、東京にいる孫に会いに、出かけて行った。ところが、吉岡浩一郎は、その孫とは、会わずに、青梅の山中で、殺されていた。そういうことだったな？」

「その通りです」

「その孫の、名前は、何といったかな？」

「吉岡めぐみです」

「ああ、そうだ、吉岡めぐみだ。彼女の証言が、変わったということはなかったかね？」

「十年前の証言と、全く同じです。祖父は、自分に会うために、上京したことになっているが、祖父から、連絡があったということもないし、その日に、会う約束をしたこともないと、吉岡めぐみは、証言しています」

「しかし、残念だね。君と亀井刑事が、わざわざ二人して、仏さんの故郷まで、訪ねていったのに、何も収穫がなかったとはね」

「いや。一つだけですが、収穫がありました」

十津川は、問題の飛行機の写真を、三上に見せた。

「この写真を、孫の吉岡めぐみから、渡されました」

「これは、どういう、写真なんだね？」

「何でも、吉岡浩一郎の遺品を、整理していたら、新幹線の写真を入れた額《がく》が、見つかったそうです。その額を調べていたら、新幹線の写真の下に、この飛行機の写真が、まるで、隠す感じで、入っていたというのです」

「それで？」

「この飛行機は、明らかに、戦争中に、作られた戦闘機です。もし、この写真に、殺人の動機が、隠されているとすれば、吉岡浩一郎は、明らかに、戦争中に起こった何かが、原因で、殺されたことに、なってきます」

と、十津川が、いった。

「戦争中に起こった何かが原因で、吉岡浩一郎が、殺された。つまり、君は、そう考えているわけか？」

「その可能性も否定できません」

「しかしだね」

三上が、小さく、肩をすくめて、十津川を見た。

「戦争が終わってから、すでに七十年も経っているんだよ。もし、戦争中に、殺人の動機が、あるとすれば、犯人は、戦後六十年も、じっと待っていて、吉岡浩一郎を、殺したことになってくる。いくら何でも、時間が、経ちすぎていないかね？」

「たしかに、部長がおっしゃる通り、六十年というのは、あまりにも、長すぎる気がします。私も、その点が引っかかってはいるんですが」

と、十津川が、いった。

5

十津川は、捜査の合間を縫って、国会図書館に、しばしば、足を運んだ。そのおかげで、少しずつ、第二次大戦中の、日本の軍用機に関する知識は、深くなっていった。

戦争中、日本陸軍の飛行機を最も多く作っていたのは、日本初の、民間航空機メーカー、中島飛行機、現在の、富士重工業である。中島飛行機は、第二次大戦で活躍した陸軍の飛行機を、何機も作っていたし、三菱重工業と共同で、海軍のゼロ戦も、作っている。

しかし、問題の写真の飛行機を、中島飛行機が、はたして、実際に、作っていたかどうかは分からない。中島飛行機という会社は、すでに、なくなって、今は、富士重工業に代わってしまっているし、中島飛行機の時代に働いていた人は、ほとんど亡くなってしまっているからだ。

「それに」

と、十津川は、亀井に、いった。

「当時のことを、かろうじて知っている人に会っても、問題の飛行機については、口を揃えたように、否定する。しかしなぜか、触《ふ》れたがらない雰囲気を、感じるんだ」

「なぜなんですかね。警部にいわせれば、この飛行機は、少なくとも、六十六機までは作られている。そう、思っていらっしゃるんでしょう?」

「そうだ。もしかしたら、もっとたくさん、百機ぐらいは、作ったんだろうと思っている」

「亡くなった吉岡浩一郎は、この写真を、ゼロ系の新幹線の写真の下に、隠していたと、孫のめぐみさんはいった。つまり、吉岡自身、この写真の飛行機については、何か、後ろめたいことがあって、人に、あまり、見せたくなかったのではありませんか？　だから、額縁の中の別の写真の下に隠していた。そういうふうには、考えられませんか？」

「カメさんのいう通りなんだ。私も、同じことを考えたよ。吉岡浩一郎にとって、おそらく、この飛行機の写真は、進んで、人に見せられるような、そんな写真じゃないんだよ。それで、私は、飛行機から入っていくのは難しいと考えて、吉岡浩一郎という人物のほうから、攻めてみたらどうかと、思ったんだ」

「それで、どこまで、分かりましたか？」

「吉岡浩一郎は、一九一八年、柏崎に生まれている。あの田中角労と同じ町だ。そして、年齢も同じだ。田中角労は、あまり、裕福な家には生まれていないが、吉岡浩一郎のほうは、柏崎の本町通りといって、柏崎でもいちばん賑《にぎ》やかなところで、資産家の家に、長男として、生まれている。小学校から中学校にかけては、柏崎に鯨波《くじらなみ》という有名な海岸があるのだが、夏ともなると、その海で、毎日のように泳いでいたらしい。帝大で物理工学を勉強したあと、陸軍の航空技術研究所に入った。吉岡浩一郎の父親は、陸軍少将までいった、地元でも有名な軍人だったようで、吉岡浩一郎は、その父親を尊敬していたので、陸軍の、航空技術研究所に入ったのではないかといわれている。その陸軍の航空技術研究所では、一人の職員として、当時の新鋭戦闘機、あるいは、爆撃機の設計に、当たっている。陸軍の飛行機の多くは、中島飛行機で製造されていたので、その縁で時々、吉岡浩一郎は、中島飛行機にも出張して、自分たちの設計した飛行機の実験状況を視察したりしていたようだ。吉岡浩一郎が、中島飛行機と共同で設計した飛行機は、B29の迎撃で有名な鍾馗という戦闘機だ」

「その飛行機なら、私も名前をきいたことがあります」

「もちろん、鍾馗という戦闘機は、吉岡浩一郎が、一人で、設計したわけではなくて、中島飛行機と共同で設計したものだ。その後、中島飛行機などで製作した軍用機の実検に当たる検査官になっていて、検査官の肩書のまま、終戦を迎えている」

「その後は、国鉄ですね？」

「終戦を迎えた後、吉岡浩一郎は、飛行機の世界から離れて、今、カメさんがいったように、国鉄に入り、民営化された後は、ＪＲ東日本に移って、新幹線の設計や、駅舎の設計などに、当たっていた。しかし、その後、突然、東京で、殺されてしまった」

「一貫して真面目な、仕事一筋の、研究者という印象を受けますね」

と、亀井が、いった。

「そうなんだ。吉岡浩一郎を知る何人かの人間に会って、彼について、聞かせてもらったんだが、彼は真面目で、仕事熱心な、研究者だったというんだ。彼の悪口をいったり、批判めいたことをいう人は、ただの一人も、いない。ただね。はっきりと聞くことができたのは、戦後、国鉄に入り、その後、JRに移って、新幹線などを設計する技術者になってからの話で、戦前や戦時中のことは、当時の話をしてくれる人が、いないので、はっきりしないことが多いんだよ。それに、写真の飛行機のことになるとなおさらだ」

「どうしてですかね？　帝大を卒業した後、父の志《こころざし》をついで、まっすぐ、陸軍の航空技術研究所に入って、終戦まで、そこで働いていたわけでしょう。そこまでの吉岡浩一郎には、迷いが何もありませんよ。誇りを持って、仕事をしていたと思いますね。それなのに、どうして、戦前や戦争中の、彼の行動が、はっきりしないんでしょうか？」

「写真の飛行機に絡《から》んで、何かがあったとしか、思えないんだ。だから、当時の彼の行動が、曖昧《あいまい》なものになってしまっているに違いない。私には、そうとしか考えられない」

「それは、写真の飛行機自体に、何か、問題があったということには、なりませんか？」

「そうなんだ。何か、問題があったんだよ。しかしね、カメさん」

と、また、十津川は、いった。

「もし、何か大きな欠陥のある飛行機だったら、六十六機も、作らないだろう。優秀な飛行機でも、試作機は、せいぜい五機か六機しか作らなかったようだからね」

「しかし、当時の吉岡浩一郎の友人や知人もなかなか見つからず、飛行機工場、中島飛行機を引き継いだ富士重工業でも、この飛行機について、話したがらないんでしょう。われわれが、真実に、近づくのは、かなり難しいと思いますが」

「その通りだ」

「どうしたらいいと、警部は、お考えですか？」

亀井が、きくと、十津川は、一瞬、考えてから、

「一つだけ方法がある」

「何でしょう？」

「実はね、カメさん、私は、この飛行機を作ろうと思っているんだ」

思いもよらない十津川の言葉に、亀井は、ビックリして、

「えっ、飛行機を、作るんですか？　金がかかりますよ」

と、いうと、十津川は、笑いながら、

「カメさん。作るといったって、何も本物の飛行機を、作るわけじゃない。模型を作るんだ」

6

飛行機、船、あるいは、車などの模型のキットを買っても、それを、完成させるのが面倒くさくて、専門家に、頼んでしまう人が多くなっていると、十津川は、聞いたことがあった。そのせいか、キット専門に、組み立てて完成させることを、仕事にしている人が、いるらしい。

十津川は、模型の専門雑誌を出している、神田《かんだ》の出版社に行って、事情を話し、現在、いちばん人気のあるキットの製作者を、紹介してもらうことにした。

紹介されたのは、今年二十歳になる秋山守《あきやままもる》という大学生である。

十津川は最初、二十歳という若さを心配したが、模型飛行機の完成度を競う、コンテストで、去年、彼が日本一になったと聞いて、協力してもらうことに、決めた。

「君は、どんな模型を作るのが、得意なのか、それを、教えてもらいたい。キットを買ってきて、それを完成させることが、得意なのか、それとも、全てを自分で作ってしまうのか、そのどっちなのかね？」

十津川が、きくと、秋山は、ニッコリして、

「僕は、どちらのコンテストでも、日本一になっています」

十津川は、秋山に、両方のコンテストでの模型を、持ってこさせて、自分の目で、見てみることにした。

秋山が、持ってきたのは、一つは、ゼロ戦のキットを、組み立てて完成させた模型であり、もう一つは、全て最初から、工作機械を使って、一つ一つの部品から作り上げ、それを組み立てて作った、一式陸攻の模型だった。

たしかに、どちらも日本一になったというだけあって、その二つの模型は、実によくできていた。

十津川は、秋山を、ほめてから、

「実は、一枚の写真から、陸軍の、戦闘機を作り上げてほしいんだ」

「陸軍の戦闘機というと、隼とか鍾馗とか、そういった機種ですか？」

「いや、そのどちらでもないし、何という戦闘機か、分からないんだ。難しい作業だから、ぜひ、君に頼みたいんだ」

十津川は、例の写真を、秋山の前に置いた。

「この飛行機は、戦時中、中島飛行機で作られたものではないかと、考えられる。垂直尾翼に書かれている数字から見て、少なくとも六十六機は作られたはずの戦闘機なんだ。ただし、今のところ、写真は、この一枚しか、残っていない。だから、この写真だけで、君に、この飛行機の模型を、作ってもらいたいんだ」

秋山は、しばらく、真剣な表情で、写真を眺めていたが、

「立体的な写真はないんですか？」

「ない」

「三面図は？」

「それもない」

「翼や、胴体の長さは？」

「わからない」

「自重《じじゅう》や、エンジンの馬力は？」

「それを記入したものは、何もない」

「何もないんですか？」

「だから、君に頼んでいる」

「いくら払ってくれるんですか？」

「普通の金額を払う。もし、この模型で、殺人事件が解決したら、報奨金《ほうしょうきん》が払われる」

「いくらですか？」

「最高で五百万円だ」

「やらせてもらいます」

と、秋山は、また、ニッコリして、

「僕は、戦争中の陸軍や海軍の飛行機で、実際に、戦闘に参加した飛行機は、全部作りました。それも、ゼロ戦であれば、二十一型から五十二型まで、全部作りましたが、この写真の飛行機は、ありませんでしたよ」

「しかし、中には、実戦に、間に合わなかった飛行機も、あったんじゃないのか？つまり、試作機の段階で戦争が終わってしまったとか、計画段階で戦争が終わってしまったとか、そういうことが考えられるんじゃないかね？　最近は、そうした研究段階の飛行機のことも載っている雑誌があるんだが、写真の飛行機は、君から見て、研究段階の飛行機のように見えるかね？」

「たしかに、そんな感じもしますが、垂直尾翼のところに、66というナンバーが、入っています。ですから、刑事さんがいわれたように、少なくとも、六十六機は作ったんですよ」

「六十六機も作って、それが、実戦に参加しなかったという、そんな飛行機があったんだろうか？」

「僕の知る限りでは、そんな飛行機は、一機も、ありませんし、この写真を見る限り、そんな飛行機のはずは、ありませんよ。それは断言できます」

「君が断言する理由は、いったい何だ？」

「おそらく、この飛行機は、戦争末期に作られたと思うんですよ。資材が少なくなってから、作ったとすれば、実戦に参加しないまま、六十六機も、作るなんてことは、まずあり得ません。戦争末期には、何もかもが不足していましたから、そんな無駄なことはしなかった、というより、できなかったと、思います」

「君のいう通りだとすると、この飛行機は、実戦に、参加したことになるね」

「六十六機も作ったんですから、実戦で、使わなかったわけが、ありません。使われたはずです」

「しかしだよ、君がいったじゃないか。陸海軍の軍用機の模型を、全て作った。実戦で使われた飛行機は、全部作ったと。しかし、君が作った、その模型の中に、この写真の飛行機は、入っていなかったんだろう？」

「そうです。入っていません」

「そうすると、君の言葉は、矛盾《むじゅん》していることになるよ。六十六機も作っておきながら、実際の戦闘に、参加しなかったということは、あり得ない。その一方で、君は、戦争に参加した、日本の軍用機を、全部作ったのに、その中に、写真の飛行機は、なかったといっている。おかしいじゃないか」

「そうなんですよ。おかしいんですよ。ですから、なおさら、僕は、この飛行機に、興味が湧《わ》いてくるんです」

「その気で、全力をつくしてくれ」

「もう少し、鮮明な写真があれば、いいんですが」

「あいにく、これ以上、鮮明な写真はないんだ。だから、分からないところは、君の想像力に、期待するよ」

と、十津川は、励ました。

この日から、秋山守は、写真の戦闘機の模型作りに没頭した。

秋山は、写真を持ち帰って、自分の部屋で作りたいという。そこには、小型の工作機械が何台もあって、たいていの部品は、自分で作れるといった。

秋山の模型作りが始まってから、十津川は亀井と二人、時々、秋山のマンションを見に行った。

たしかに、二LDKの部屋には、十津川の見たことのないような小型の工作機械が、何台も並んでいた。

秋山はまず、写真から、この飛行機の三面図を描いていった。

十津川が亀井と、秋山のマンションに様子を見に行った時、秋山は、その三面図を製作中だった。

秋山は、二人の顔を見ると、興奮した口調になって、

「刑事さん、この飛行機ですが、なかなか面白いですよ」

「どこが、面白いんだ？」

と、亀井が、きいた。

「よく見ると、この飛行機は、まるで模型なんです。普通、模型だって、この写真の飛行機よりは完成度があるのに、この写真の飛行機は、まるで未完成の模型のように見えますよ」

「いくら戦争末期に作られたとしても、日本の陸軍が、未完成の飛行機を六十六機も作らないだろう？　この間、君だって、そういっていたじゃないか？」

「そうなんですが、こうやって三面図を描いてみると、どうにも、この飛行機は、オモチャのように見えて、仕方がないんです」

と、秋山は、いう。

「とにかく、一日も早く、君に、この飛行機の模型を、完成してもらいたいんだ。今、写真だけしかないから、何ともイメージがつかめない。私としては、何としてでも、この飛行機を、立体的に見てみたいんだ」

と、十津川が、いった。

第三章　キ一一五剣《つるぎ》

1

模型作りの名人といわれる大学生の秋山は、一カ月近くかかって、ようやく十津川の期待する模型を持ってきて、見せてくれることになった。実物の十五分の一という、かなり大きな模型である。

でき上がってきた模型を見た最初の十津川の印象は、珍しい飛行機だなというものだった。白黒写真だけでは分からなかった細部が、模型にしてみると、はっきりとしていたからである。

「この飛行機の細かい部分が、刑事さんから渡された白黒写真だけでは、よく分かりませんでした。そこで、その写真を参考にして、何度か作り直しました。僕としては、とにかく、あの白黒写真にできるだけ近い模型を作りたいと思いました。ですから、あの白黒写真の、わずかな色彩の違いが、いったい、どこから来ているのか？　飛行機を作っている材料から来ているのか？　それとも、材料の大きさとか薄さから来ているのか？　そういうことまで考えました。それで何度も作り直して、やっと、満足できる模型を完成させることができたのです。自分でいうのもおかしいですが、でき映《ば》えには、かなりの自信があります」

秋山は、得意そうな目で、十津川を見た。

十津川は黙って、目の前の模型を、じっと見てから、指で実際に触《さわ》って、確かめてみる。

「この模型は、かなりちぐはぐになっているね。隼とかゼロ戦なら、飛行機全体がジュラルミンでできているから、全体が輝いているはずだ。しかし、この飛行機は、今もいったが、輝きがちぐはぐだね。全く輝いていない部分もある。これは、いったい、どう違うのかね？」

と、十津川が、きいた。

「調べてみたら、この飛行機は、多くの部分が木製なんです」

「木製？」

「そうです。木でできている飛行機なんですよ。それから、金属部分の多くは、ゼロ戦のような強化ジュラルミンではなくて、ブリキです。光の反射具合で分かります」

「ブリキと木か」

「そうです。ですから、おそらく、戦争末期の、物資が不足していた時に、作られた飛行機ではないかと思います」

「そうだろうな。普通、飛行機の材料に木は使わないからね」

「それに、この飛行機には、機銃がついていません」

「これは、戦闘機だろう？　それなのに、機銃が、ついていないのか？」

「そうなんです。全体の形としては、どことなく隼に似ています。隼は、機首部分に機銃が二丁だけで、ゼロ戦と違って、翼には機銃がついていません」

「それはどうしてかな？」

「おそらく最初から、ゼロ戦のように、翼には、機銃をつけるつもりでは、設計していないからでしょうね。この飛行機にも、翼には、明らかに機銃がありません。だからといって、機首のところにも、機銃をつけるための、溝《みぞ》がないんです。ですから、何とも不思議な飛行機としかいいようがないんですよ。今もいったように、全体的な感じは、隼に、よく似ているんです。ですから、機種としては、戦闘機だということになるでしょうが、機銃が一丁もついていない、何とも不思議な戦闘機ですよ」

「本当に、どこにも機銃がついていないのかね？」

「あの写真を見る限り、機銃は、ついていませんね」

「ほかに、君が、模型を作っていて、気になったところはあるかね？」

「今もいったように、物資が不足している時代に作ったと思われる飛行機なので、多くの部分が木になっています。その次に多いのがブリキです。そんな部品の中で、いちばん簡単な作りになっているのは、脚《あし》の部分です」

と、秋山が、いった。

「その脚だが、どう見ても、ショックアブソーバーは、ついていないみたいだな。ただ単に、木の先に車輪をつけて、それを胴体に埋め込んであるだけにしか見えない。これでは、滑走路の震動が、もろに、機体に、響いてくるんじゃないのかね？」

「その通りです。この飛行機の中で、いちばん粗末なのが、脚の部分です。刑事さんがおっしゃったように、棒の先に車輪をつけただけなので、たぶん、舗装の悪い滑走路を使ったら、飛び上がる前に、脚が折れてしまうでしょうね。今は、模型だって、こんな脚はつけませんよ」

と、秋山が、いった。

「ほかに、この飛行機の模型を作っていて、君が気づいた点があったら、話してくれ」

と、十津川が、いうと、

「ここです」

と、いって、秋山は、模型を指差しながら、

「操縦席が、かなり後ろのほうについていますね」

と、いう。

たしかに、隼にしろゼロ戦にしろ、もっと前のほうに、操縦席がついていたはずである。それなのに、今、秋山が持ってきた模型を見ると、操縦席が、かなり後ろのほうについている。

「なるほど。君がいう通りだ。写真よりも、模型にすると、それが、よく分かるね。これでは、前方がよく見えないんじゃないのかね？」

「飛び上がってしまえば、その欠点は、それほど、響いてきません。問題になるのは、離着陸の時でしょうね。これほど後方に座席があったのでは、離陸時にも着陸時にも、パイロットには、前方がよく見えないだろうと思います。たぶん、前方を見る時には、横から見るより仕方がないと思いますね」

と、秋山が、いった。

「座席が、後ろすぎる理由を、君は、どう考えるね？」

「僕は、模型作りは、好きですし、自信もありますが、本物の戦闘機を作ったことがありません。ですから、座席が後方にある理由は、よく分からないのですが、だいたいの想像は、つきますね」

「どんな想像だ？」

「エンジンと座席の間に、何か、大きなものが入っているんです。今ならレーダーでしょうが、当時は、飛行機に積めるような小型のレーダーはなかったから、たぶん、かなり大きな爆弾でしょう。空間の容積から考えて、おそらく、三百キロから五百キロ、あるいはそれ以上の」

と、秋山が、いう。

「しかし、この飛行機には、どこにも、機銃がついていないんだろう？　機首にも翼にも」

「そうです」

「それなのに、どうして、爆弾を積み込んでいるのかね？　そんな必要はないんじゃないか？」

「ですから、それは、普通の戦闘機とは、目的が違うからですよ。この飛行機には、機銃は一つも積んでいなくて、その代わりに、数百キロクラスの爆弾を、積み込んでいるんです」

「というと」

と、いったまま、十津川が、戸惑《とまど》っていると、大学生は、

「これは特攻機ですよ。それしか、考えようがありません」

と、あっさりと、いった。

「しかしだね」

と、十津川が、いった。

「戦争の末期、日本は、まるで、特攻機しかなかったように、若いパイロットが、爆弾を積んだ隼やゼロ戦を操縦して、敵艦に、体当たりをしている。しかし、特攻機ならば、陸軍でいえば隼だし、海軍でいえばゼロ戦に爆弾を積んで、体当たりしていたんだ。そのどちらとも違っている。当時の陸軍は、本当に、こんな飛行機を作っていたのかね？」

「僕は、この飛行機は、最初から特攻機として作られたものに、違いないだろうと、思ったので、いろいろと、資料を調べてみました。そうしたら、見つかりました。こ

の飛行機の陸軍での正式の名称は、陸軍特殊攻撃機キ一一五剣《つるぎ》です」

「しかし、どうして、こんなものを、作ったのかね？　今もいったように、海軍の場合でいえば、最初に、特攻に使われたのは、ゼロ戦だったと聞いている。陸軍でも海軍に続いて、特攻を開始したが、飛燕や隼などの、既存の飛行機に爆弾を積んで、敵艦に突っ込んだと聞いているんだが」

「さあ、どうしてでしょうかね？　それは、特攻機の模型を作っている人にきかなければ分からないでしょうね」

「そんな人がいるの？」

「一人だけ知っています」

「本当か？」

「実は、横浜《よこはま》に、太平洋戦争で使われた海軍機、陸軍機を専門に作っている、模型メーカーがあるんです。そこの社長さんは、現在八十歳を超えているんですが、自分は陸軍にいた時、特攻を命じられたが、突っ込まないうちに戦争が終わってしまった。特攻の生き残りだと、いっていました。その社長さんにきけば、この飛行機についてもっと詳しいことが分かるかもしれませんよ」

と、秋山が、教えてくれた。

十津川は、すぐ、その模型メーカーを紹介してもらうことにした。

横浜の商店街の中程に、有本《ありもと》模型というメーカーの、小さな店があった。キットを作っている工場は別のところにあって、横浜の商店街にあったのは、その、アンテナショップだった。

十津川と亀井は、そのアンテナショップの応接室で、戦争中は陸軍の特攻隊員だったという社長の有本に会った。有本は、今年で、八十七歳だというが、今でも元気で、記憶もしっかりとしていた。

十津川は、持ってきたキ一一五剣の模型をテーブルの上に載《の》せて、

「この飛行機を見てください。特攻機らしいのですが、ご存じですか？」

と、有本に、きいた。

「ああ、これはたしか、剣という特攻機ですね。私は、その飛行機についての話を聞いたことがありますが、実物を見たことはないんですよ」

「それでは、この店のキットの中には、これと同じものはないのですね？」

「今も申し上げたように、この飛行機についての知識はありますが、実物を見たことは一度もありません。実際に特攻に使われた飛行機の模型しか、店には置いてありません」

有本は、彼がいた九州の特攻基地で、実際に使われた特攻機の一覧表を見せてくれた。

全て陸軍で正式に使われた機種である。それを、特攻機として使っていたのだ。

「練習機まで、本当に、使っていたんですね」

十津川は、改めて、溜息《ためいき》をついた。時速三百四十九キロとあるが、爆弾を積めば、もっと、遅くなるだろう。

「二百キロは、スピードが落ちたはずです」

と、有本が、いった。

「ゼロ戦や、隼でも、特攻で二百五十キロ爆弾を積めば、同じようにスピードが落ちましたから、アメリカの戦闘機に狙《ねら》われたら、逃げられなかったと思いますね。マリアナ沖海戦の時、ゼロ戦に、二百五十キロ爆弾を積んで出撃したので、待ち伏せされて身動きがとれず、バタバタ落とされたといわれています」

「当時、アメリカの戦闘機は、どのくらいのスピードが出たんですか？」

「陸上戦闘機のＰ51ムスタングやＰ47サンダーボルトは、七百キロは出ていました。空母に積まれていたグラマンでも、六百キロ近くは出ていたはずです」

有本は、その三機の模型を見せてくれた。その傍《そば》に、隼とゼロ戦を置くと、やたらに小さく見える。

「小さいですね」

と、十津川が、いうと、有本は、笑って、

「隼やゼロ戦は、軽戦闘機といわれます。重さは、千五百キロぐらいだから、二千キロのロールスロイスより軽いんです。太平洋戦争の始まった頃は、日本だけではなく、アメリカも軽戦闘機を作っていました。それが、戦争の中ほどから重戦闘機の時代に入ったんです。重馬力、重武装、高速の戦闘機です。当然、重くなります。P51は、五千キロ、P47は七千キロ、艦載機のグラマンでも、三千キロです」

「日本に、重戦闘機はなかったんですか」

「全くなかったわけじゃありません。陸軍では疾風《はやて》、海軍では紫電改が有名ですが、重戦闘機には、当然、馬力の大きなエンジンが、必要になります。隼やゼロ戦に使われた千馬力クラスのエンジンは、優秀ですが、重戦闘機に必要な二千馬力級のエンジンは、いいものが作れませんでした。作れても故障が多く、信頼性がないので、日本では、いつまでも主力が、隼やゼロ戦になってしまったんですが、正直にいえば、戦争の終わり頃には、時代おくれになっていましたね」

「有本さんの表を見ると、たしかにキ一一五剣の名前はありませんが、特攻用の特別機は、作られなかったんですか？」

「いや、陸軍でも、海軍でも、特攻機の考えはありました。海軍では、ロケット機の桜花《おうか》が研究され、実際にも、桜花部隊ができて、実戦にも、使われています。一・二トンの爆弾を積み、ロケットに点火すると、時速千二十四キロのスピードで突進します」

「すごいじゃありませんか」

「問題は、ロケットは、せいぜい、二分くらいしか燃えませんから、桜花を、敵艦の近くまで運ぶ母機が必要です。それには、一式陸攻（陸上攻撃機）が選ばれました」

有本は、その模型も、見せてくれた。双発の葉巻の格好をした爆撃機である。よく見ると、腹の下に、蛹《さなぎ》のように、桜花が吊《つ》り下げられていた。

「それで、結局、桜花は成功したんですか？」

と、十津川は、きいた。

「結果的には、失敗だったと思いますね」

「千二十四キロのスピードがあったのにですか？」

「問題は、母機の一式陸攻にあったといわれています。優秀な爆撃機ですが、ゼロ戦と同じで、防禦力《ぼうぎょりょく》がゼロなのです。特に、航続距離を伸ばすために、主翼の中にまで、燃料タンクを設《もう》けていました。普通、この燃料タンクをゴムで被《おお》うのです。弾丸が命中しても、ゴムの収縮で、その穴をふさいでしまいますから。ところが、これをすると、機の重さが、三百キロ以上重くなって、性能が落ちるといって、海軍は、ゴムで被うことをしませんでした。それで、一式陸攻は、燃えやすく、アメリカのパイロットは、ライターと呼んでいましたね。その上、桜花を積んで飛べば、スピードも落ちるから、アメリカの戦闘機に狙われたら、助かりません。もう一つ、特攻機を一機失っても、パイロットの犠牲は、一名ですみますが、母機の一式陸攻には、七、八名の搭乗員が乗っていますから、一度にそれだけの犠牲が出てしまうのです」

「陸軍の桜花に当たるのが、キ一一五剣なんでしょうか？」

「私は、見たこともないし、実戦で飛んだという話も聞いていません。もちろん、すべて、私のいた特攻基地の話ですから、他の基地のことは、わかりません」

有本は、慎重ないい方をした。

「この飛行機の正式な名称は、陸軍特殊攻撃機キ一一五剣というんだそうですが、それでいいですか？」

と、改めて、十津川が、きいた。

「そう聞いています。私が聞いた話は今、刑事さんが、おっしゃった通りで、これは戦争の末期に、中島飛行機が作ったものだということです。昭和二十年の三月五日に、たしか、一カ月強で、試作機を完成させたと聞いています。海軍の桜花と同じで、最初から特攻機として作ったものですよ」

「全部で、何機くらい作ったものでしょうかね？」

「私が聞いた話では、百機を超えたくらいだったそうですよ。百一機だったという人もいますが、百五機だという話もあります」

「いずれにしても、百機以上ですか。そんなにたくさん作られたのに、太平洋戦争のことを書いた本を、いくら読んでも、この特攻機が活躍したという話は、出てきません。かなりたくさんの、太平洋戦争に関する本を、読みましたが、この剣という特攻機のことは、今回、初めて知りました。どうしてでしょう？」

十津川が、きくと、有本は、笑いながら、

「実際には、一機も飛んでいないからでしょう。いわば、幻の特攻機なんですよ、この剣は。だから、刑事さんがご存じなかったのも、無理はありません」

「しかし、中島飛行機は、百機以上も作ったわけでしょう？　それなのに、どうして、一機も、戦闘で使われなかったんでしょうか？」

「これも、人から聞いた話なんですが、戦闘兵器は、全て、実戦で使用する前に、性能や安全性を調べる検査官がいるんです。飛行機も同じです。何十機作ろうとも、検査官が許可をしなければ、実際の戦闘に、使うわけにはいかなかったんですよ」

「そうなると、百機以上も作ったのに、検査官は、その中の一機たりとも、合格を出さなかったんですか？」

「私の聞いたところでは、その時の陸軍航空技術研究所の検査官というのが、なかなか、頑固《がんこ》な人だったみたいですね。この特攻機、剣に対して、一機も合格を出さなかった。だから、一機も実戦で使われなかったんでしょうね」

「もしかして、その陸軍航空技術研究所の検査官というのは、吉岡浩一郎という名前じゃありませんか？」

「いや、その検査官の名前までは知りません。ただ、戦後は国鉄に入って、新幹線などの設計に、活躍した人だとは、聞いています」

と、有本が、いった。

（やはり、あの吉岡浩一郎だ）

十津川は、納得して、一人でうなずいた。

しばらく、沈黙があってから、有本が、いった。

「もうずいぶん前の話になりますが、私も一時、この剣という幻の特攻機について、模型のキットを、作ってみようかという気持ちが、湧《わ》いたことがありましてね。いろいろと調べてみたことがあるんです。当時はまだ、私以外にも、戦争の生き残りがたくさんいました。私と同じく、特攻帰りの人で、別の基地で、この飛行機を見たことがあるという人がいて、たまたま、その人に、話を聞いた時の会話を録音してありますから、それを、あなたに、お聞かせしましょう」

と、有本が、いってくれた。

持ち出されたのは、古いタイプのテープレコーダーである。リール式で、かなり大きい。それをテーブルの上に載せて、有本がスイッチを入れた。

有本と、もう一人の男との会話が流れてきた。

「あなたが、陸軍特殊攻撃機、剣についてご存じだというので、ぜひ、そのお話を聞かせていただきたいんですよ。たしか、この剣という特攻機は、昭和二十年に、作られたものですね？」

「おっしゃる通りです。それまで特攻機というと、陸軍では隼、海軍ではゼロ戦などを、そのまま使っていました。さらに戦争も末期になると、爆撃機まで、特攻に使うようになりました。中島飛行機では、それではもったいない、最初から、特攻専用の飛行機を作れば、安く作れるのではないかとして、一カ月半ほどで開発し、三月五日には完成しています。当時、海軍でも、ゼロ戦は、本土決戦の時に備えて温存しておこうと考え、特攻専用の飛行機を、作ることになったといいます。そして、特攻用として、桜花というロケット機を、作りました。弾頭に重量一・二トンの爆薬を積み込んだ飛行機ではなくて、ロケット機ですよ。最高時速は、千キロを超えていたといわれています。このロケットエンジンは、たしかに時速千キロを超すスピードを出すことができるのですが、残念ながら、飛行距離が極《きわ》めて短いのです。ですから、この桜花というロケット機が前線基地から飛び出していって、米軍の艦船に体当たりをすることは不可能です。海軍では一式陸攻、ええ、そうです、あなたもご存じだと思いますが、例の葉巻のような格好をした爆撃機です。それに吊《つ》るして、敵艦の近くまで運んでいき、そこから、ロケットで敵艦に突っ込んでいくことにしました」

「桜花という特攻用のロケット機は、結果的には、さしたる戦果を、挙げることはできなかったと聞いていますが、どうしてですか？」

「今もいったように、この桜花というロケット機は、ロケット自体が、基地を飛び出していって、敵艦に体当たりできるというわけではありません。一式陸攻に、吊り下げられて、敵艦のいるところまで運ばれていくわけです。そうすると、米軍はグラマンF6Fとか、コルセアといった優秀な戦闘機を、何十機、いや、何百機も、現場に待機させておいて、一式陸攻が現れると、一斉に飛びかかって来るんですよ。一式陸攻というのは優秀な爆撃機なんですが、攻撃には弱くて、敵の弾《たま》が翼の辺《あた》りに命中すると、翼の中にガソリンを入れたタンクが、むき出しのまま入っていますからね。あっという間に炎上して墜落してしまうのです。そういうことで、桜花は、失敗に終わってしまったんです」

「桜花の陸軍版が、キ一一五剣というわけですね？」

「そうです」

「キ一一五剣が作られた時期は、戦争も末期で、極端に資材が不足している時です。どんな具合に作られたんですか？」

「主翼以外は、ブリキや木材、あるいは、鋼材で作られていました。特に、脚のほうは、まるで、ただの棒に、車輪をつけただけで、それでは、着陸ができないのではないかと思われるかもしれませんが、もともと、離陸したら敵機に体当たりして、基地に帰ってくる必要がありません。だから、離陸した直後に脚は切り捨てて、投下してしまうのです」

「ブリキの機体に、木材の脚ですか。今では考えられない、お粗末さですね。ほかに何か、特徴的なことは？」

「特攻用の飛行機ですから、当然、爆弾を積み込まなければなりません。爆弾のスペースを確保するために、操縦席を、かなり後方に、動かしています」

「操縦席からの視界が、悪くなりませんか？」

「もちろん悪いでしょうが、いったん飛び上がれば、あとは敵艦に、体当たりするだけですから」

「どれくらいの爆弾を、積み込んだのでしょう？」

「おそらく、二百五十キロから五百キロといったところですか。そのために、大幅に、操縦席を後方に移す、そういう設計にせざるを得なかったのでしょう」

「機銃などの装備は、どの程度のものが、備わっていたのですか？」

「機銃は、一丁も装備していません。ですから、敵のグラマンやコルセアにぶつかったら、キ一一五剣には、戦う術《すべ》がなかった。まして、大きな爆弾を積んでいるので、スピードも出ません。ですから、間違いなく、撃ち落とされてしまうでしょうね」

「試作機は、何機くらい、作られたんでしょうか？」

「いえ、試作機ではなく、実戦配備用に、百機ほど作られたようです。実数は、正確なところは分かりませんが、全部で百一機とも、百五機ともいわれています」

「それなのに、一機も実戦に使われなかったんですね？」

「ええ、そうです」

「キ一一五剣という飛行機は、特攻機として開発され、百機以上も作られたのに、実際に働くことは、一度もなかった。そういう理解でいいんですか？」

「そういうことに、なりますね。その時の検査官だった人が、かなり頑固な人でしてね。いっこうに合格を出さなかったんですよ。ですから、百機以上も作ったというのに、特攻には、使っていません。だからといって、特殊な機体でしたから、ほかに使いようがなかったんでしょうね」

「でも、百機以上作ったんだから、一機ぐらいは、合格した機体が、あったんじゃありませんか？」

「それがですね、一機も合格しなかった。いや、その検査官の人は、合格させなかったのではありませんか？」

「どうしてなんですかね？　それにしても、百機も作って、一機も使わないなんて、ずいぶん無駄なことをしたもんですね。軍部や中島飛行機から、その検査官に、文句が出なかったんですか？」

「もちろん出たでしょう。陸軍航空本部や中島飛行機も、その検査官に対して、さんざん文句をいったはずです。いつでしたか、完成したキ一一五剣を、その検査官に黙って、密《ひそ》かにバラバラにして、九州まで運んでいき、そこで改めて組み立てて、敵艦に突っ込ませようとしたことがあったらしいんです。その時、検査官は、自ら隼を操縦して九州の特攻基地に飛んでいき、離陸しようとしていたキ一一五剣を、止めてしまったというのです。その時は、検査官と、基地司令が、すさまじい、ケンカになり、たしか、基地司令が、検査官を殴《なぐ》りつけて、聖戦の邪魔をするなと、大きな声で怒《ど》鳴《な》ったといわれています」

「それに対して、検査官は、何もいわなかったんですか？」

「こんな、棺桶《かんおけ》みたいな飛行機に、若い特攻隊員を乗せて、無駄死にはさせられないと、大声でいったと聞いています」

「それにしても、そんなことが、あったというのに、中島飛行機も陸軍航空本部も、黙っていますね」

「密かに、特攻隊員をキ一一五剣に乗せて、敵艦に突っ込ませようとしたことが、何度もあるらしいんです。そのたびに、検査官が駆けつけて、それを止めたといわれています。基地司令の中には、検査官に対して、売国奴《ばいこくど》とか、聖戦の敵とかいって、怒鳴りつけた人もいたようです」

「それでも、検査官は、絶対に飛ばさなかったんですね？」

「そうです」

「検査官がいいかげんで、そのキ一一五剣に、パイロットが乗って、実際に、特攻に出発していたら、どうなっていたと、思いますか？」

「検査官がいっていたように、おそらく、敵艦に体当たりする前に撃墜されるか、故障で墜落していたでしょうね。スピードは、五百キロもの爆弾を、積んでいるので、時速二百キロぐらいしか、出ないでしょう？　それに、機銃を、一丁も積んでいないんだから、米軍の艦載機に襲われたら、何もできませんよ。ただ逃げ回るだけで、敵艦に突っ込む前に、撃墜されていたはずだと、思いますね」

「九州の何という基地に、剣は置かれていたのですか？」

「九州北部の大刀洗《たちあらい》という基地のはずです」

テープの二人の会話は、そこで終わっていた。

十津川は、そのテープレコーダーの会話を聞いたあと、すぐ九州に飛んだ。

2

そこは福岡《ふくおか》県の内陸部にある飛行場だった。今も農業用の航空基地になっていると聞いた。

ヘリコプターが二機ばかり、滑走路の隅に置かれていたが、そのほかの、飛行機の姿はなく、十津川が見ている間、一機の飛行機も、飛ばなかった。

十津川は亀井と、飛行場の周囲にある農家や、古くから、ここに住んでいるという家々を歩いて、陸軍の特殊攻撃機、キ一一五剣について、何か知っていることはないかと、きいて回った。

その何軒目かの家に、問題の航空基地の写真を、隠れて撮っていたという人がいた。

当時は十歳ぐらいで、現在は、八十一歳だという老人だった。

「私は、その頃、まだ子供でしたけど、何とかして記録に残そうと思って、おやじのカメラで、あの基地の写真を、撮っていたんですよ」

と、その老人が、いい、一冊のアルバムを見せてくれた。

ほとんどが飛行場と飛行機の写真ばかりである。中には、隼や双発の戦闘機などが、ごちゃ混ぜになって、滑走路に並んでいる写真もあった。

「これは、もうじき、日本が負ける頃の写真です。特攻機の写真なんですが、その頃は、特攻機が揃《そろ》わなかったんでしょうね。隼だけで、編隊を組んでいくことはなくて、いろいろな飛行機が一緒になって、特攻に、飛び立っていきましたよ」

と、老人が、いった。

写真の中に、問題の剣もあった。飛行場の隅に、十五、六機のキ一一五剣が、並んでいる写真である。

「この写真を撮った時のことも、よく覚えていますよ」

老人が、十津川に、いった。

「ある時、この基地に行ったら、それまで、一度も見たことのない、新しい飛行機が、ズラリと並んでいたんですよ。そこで、これは素晴らしいと思って、カメラを向けたんですが、よく見ると、新しいことは、新しい飛行機なのですが、ところどころが、木造になっていたり、ブリキが、そのまま、張りつけてあったりしたので、ビックリしました。子供の私でも、これで、本当に飛んでいけるのかと思いましたからね。おそらく、陸路を使って、愛知県の中島飛行機から、運んできたんじゃありませんかね？　パイロットが間に合わなかったのか、しばらくの間、その飛行機は、滑走路に、並んでいました。ある時、隼を自分で操縦して、技官か何かがやって来て、新しい飛行機に乗ろうとしていたパイロットを全員、飛行機から、降ろしていましたね。その後が、ケンカでしたよ。編隊の隊長が、その技官だかに、食ってかかっていましたね。今、飛行機が足らないというけど、二十機近い飛行機が、ここにこうして並んでいるじゃないか？　どうして、特攻の許可を出さないのか？　隊長が、大声で叫んでいましたね。それに対して、おそらく、あの人は、飛行機の、検査官だったんじゃありませんかね？　こんな飛行機じゃ、最初から、特攻の役には立たないと、分かっている。それなのに、出発させるわけにはいかないと、いっていたのを、覚えています」

「それから、どうなったんですか？」

「結局、一機も、飛びませんでしたね。戦争が終わった後、アメリカ兵がやってきて、そのキ一一五剣とかいう特攻機に、ガソリンをかけて、全部燃やしてしまいましたよ。もったいないなと思いますね。特攻で敵艦に突っ込ませていたら、どうなっていたのか？　大きな手柄を、立てていたのか、それとも、敵艦に体当たりする前に、墜落してしまっていたのか？　それは、分かりません。しかし、あれだけの飛行機を、作っておいて、結局、何も、しなかったんですから、大変な、ロスだったんじゃないですか？」

「基地全体は、どうだったんですか？」

「それがですね、特攻基地というのは、シーンとして、静かなんですよ。その静けさというのが、何となく、怖く感じられるんですけどね、あの時ばかりは、大変な騒ぎでした」

「検査官は、しばらく、あの飛行場にいたんですか？」

　十津川が、きいた。

「そうですね、基地司令も特攻隊長も、とにかく特攻すべしという考えでしたから、検査官も、自分がいなくなれば、あのキ一一五剣という特攻機も飛んでいくだろう。たぶん、そう思ったんでしょうね。しばらくの間、飛行場で、見張っていましたよ」

「あなたは、検査官と、話をしたことがありましたか？」

　と、亀井が、きいた。

「戦争が終わった時、あの特攻機はどうしたのかなと思って、飛行場に、行ってみたんですよ。そうしたら、今もいったように、アメリカ兵が来て、ガソリンをかけて飛行機を燃やしていました。たしか、その場に、その検査官もいましたよ」

「それは、アメリカ兵に頼まれて、立ち会っていたんですかね？」

「いや、そうではなかったみたいですね。進駐軍が燃やしている途中から、検査官が来ましたから」

「彼は、炎上する飛行機を、見ていたんですか？」

「黙ったまま、じっと、見つめていましたね」

「その後は、どうなったんですか？」

「あの特攻機に、ガソリンをかけて、アメリカ兵が燃やしたのは、八月の十五日ではなくて、八月の末頃でしたね。アメリカ兵たちは、日本中の飛行場を回って、残っている日本機を、燃やして歩いていたんじゃないですかね？　彼らがここに来たのも、八月の末頃で、その時には、新聞社の記者も来て、写真を撮っていましたよ」

「写真をね？」

「そうです。盛んに、写真を撮っていましたよ」

「どこの新聞社だったか、分かりますか？」

「たしか、『福岡新報』でした。アメリカ兵が、全部の飛行機を燃やしてしまった後、検査官が、焼け跡を見つめていたので、新聞記者が、検査官に何か、質問をしていましたね。どんなことを、きいたのかは、私には、分かりませんが」

と、老人が、いった。

『福岡新報』といえば、地元の新聞である。今でも発行されていると聞いて、十津川と亀井は、福岡市内にある新聞社を、訪ねていった。

『福岡新報』社は、三階建ての、古びたビルだった。

一階の受付で、案内を請《こ》うと、しばらくして、六十歳くらいの、社会部の記者だという男性が出て来た。

十津川の話を聞くと、

「その当時の、うちの記者で、まだご壮健《そうけん》な方が一人、いらっしゃいます」

と、その元記者に、連絡をとってくれた。

元記者は、キ一一五剣について、知っているという。

十津川と亀井は、早速《さっそく》、元記者宅を訪ねた。

「あの特攻機については、いろいろありました」

と、九十歳近い、元新聞記者が、十津川に、昔の写真を見せてくれた。

「飛びたくても、飛ぶ飛行機がないんだから、この特攻機に乗せてくれと、大きな声で叫んでいた特攻隊員の若者もいたし、乗せようとした隊長もいましたね。それに対して、たしか、吉岡という名前だったと、思いますが、検査官が、飛行機の前に仁王《におう》立ちになって、絶対に、ダメだ、許可するわけにはいかないといって、何としても、乗せなかったんですよ。そのおかげで、あの若い特攻隊員たちは、死なずに済んだのかもしれませんよ」

と、元記者が、いう。

「その特攻機を作った会社の人も、来ていたんですか？」

亀井が、きいた。

「そうですね、検査官が、不合格として、飛ばさなかった飛行機を、一生懸命、直そうとしていた人たちが、いましたが、あれは、中島飛行機の社員だったのかも、しれないですね。あの飛行機は、脚の部分が弱すぎて、滑走路を走っている最中に、脚が折れてしまう。社員たちは、それで、脚の部分を直していたんじゃないかと思いますよ。まるで、棒に車輪をつけただけのような、お粗末な脚を外して、丈夫な脚に、付け替えているのを、見たことがありますから。あの特攻機を作った会社の人間たちも、必死だったと思いますね。全部で何機作ったのか、分かりませんが、大刀洗飛行場だけでも、二十機は並んでいましたよ。それだけの、無駄な飛行機を作ってしまった。それで、わざわざここまでやって来て、飛行機を、修理していたんじゃありませんかね？」

『福岡新報』の元記者が見せてくれた写真には、小さな明かりの下で、問題の飛行機を、修理している、何人かの作業服姿の社員たちが、写っていた。

それを見守っている、体の大きな男の写真もあった。顔はよく分からないが、たぶん、この男が、吉岡浩一郎だろうと、十津川は、勝手に、解釈した。

この飛行場周辺に住む人々に、十津川たちは、会ってみた。

飛行場から飛び立っていった特攻機の特攻隊員たちを、いろいろ、面倒見ていたと、聞いたからである。

戦時中、妹と二人で、あの飛行場によく遊びに行ったという、一人の老人に、会うことができた。

「あの時、私は十一歳でした。特攻隊員の人に、ずいぶん可愛がられましたよ。お菓子なんて満足になかった時代だけど、特攻隊員には、お菓子やお酒が出るので、お菓子を、妹と私にくれました」

と、老人が、いった。

問題の検査官が、その老人の家に、泊まったことがあるという。

「飛行場の隅のほうに、新しい飛行機が、ズラッと並んでいたんですよ。子供心に、どうして、この飛行機を、飛ばさないのかなと思っていたら、ある時、そこで、ケンカがありましてね。これに乗って飛ぶんだと叫ぶ人と、吉岡さんがケンカをして、吉岡さんは、絶対に飛ばさないといい張って、頑張《がんば》っていました」

「その人が、あなたの家に、泊まったんですね？」

「そうです。一週間くらいじゃなかったですかね。とにかく、飛ぼうとする若い特攻隊員を止めるために、吉岡さんという人は、私の家に、泊まって、あの飛行場を、見張っていたんですよ」

老人が、いう。

「その時、吉岡さんは、何か、話しましたか？」

十津川が、きいた。

「そうですね」

と、いって、老人は、考えていたが、

「吉岡さんは、こんなことを、いっていましたよ。せっかく、作ったものだから、壊してしまうわけにはいかないが、若者をあの飛行機に乗せるわけにもいかない。体当たりする前に、海に墜落するに、決まっている、不良品なんだと、いっていましたね」

「吉岡さんというのは、どんな感じの人でしたか？」

亀井が、きく。

「とにかく、厳《きび》しい人でしたね。絶対に、妥協《だきょう》はしない人です。頑固《がんこ》な人なんですよ。隊長が、やって来て、吉岡さんに向かって、途中で、墜落しても構わないから、この飛行機に、乗せてほしいと、頼んでいましたけど、頑《がん》として、拒否していましたからね」

老人は、こんなこともいった。

「あの飛行場で、夜、人が殺されたんですよ」

「ちょっと、待ってください。あの飛行場で、人が、殺されたんですか？」

「そうですよ」

と、いって、老人は、言葉を止め、一瞬考えていたが、

「今まで、誰にも話さなかったんだけど、あれからもう、何十年も経っているから、お話ししてもいいでしょう。時効になっているし、関係者も亡くなっているでしょうから」

「ええ、お願いします。その話を、ぜひ聞かせてください」

「たしか、二十年の春頃じゃなかったかな、夜、特攻隊員の人たちは、どんなことをしているのかと思って、飛行場に、忍び込んだことがあるんですよ。そうしたら、例

の特攻機の方で、大声で、罵《ののし》り合っているような声がしたんです。何だろうと思って、近くに、行ってみたら、突然、銃声が、聞こえたんです。ビックリして逃げようとしたら、その時、近くの医者が、自転車で、駆けつけてきましたね。その後、どうなったのか、分からないうちに、二、三日したら、飛行場の片隅に木のお墓が建ちましたよ。あれは、間違いなく、銃で撃たれた人を、地元の医者が診《み》たんだが、助けられなくて、それで、あのお墓が、できたに、違いないのです」

「そのお墓というのは、今もありますか?」

「いや、終戦の時に、どこかに、持っていってしまいました。たぶん、遺族の人が、引き取りに来て、持って帰ったんじゃありませんかね」

「どんな事件が、あったのか、詳しいことは、分からないのですか?」

十津川が、きいた。

「私は、怖くなってしまって、その後は、飛行場には、近づかなかったんです。妹のほうは、平気で、いつものように、飛行場に行っていましてね。それで、帰ってきて、ウワサ話を、教えてくれたんです。ウチに泊まっていた検査官が、特攻隊員を銃で撃って殺したんだそうですよ。何でも、その特攻隊員が、何とかして、飛行機に乗って突撃しようと思っていたら、それを、吉岡さんが、強引に引き留《と》めた。二人の間でケンカになって、何としてでも、あの飛行機で体当たりをするんだといい張る特攻隊員が、吉岡さんに拳銃を発砲し、それから、銃の奪い合いになったが、結局は、隊員の方が倒れていたらしい。妹は、そんな話を私に教えてくれましたが、それが、本当の話なのかどうかは分かりません」

その話をきいて、十津川は、もう一度、亀井と『福岡新報』を訪ね、例の社会部の記者に会うことにした。

十津川が、その記者に向かって、検査官のこと、特攻機のこと、銃声のことなどを並べてきくと、記者は、笑いながら、

「刑事さん、それは、単なる、おとぎ話ですよ」

「いわれている意味がよく分からないのですが、おとぎ話って、どういうことですか？」

と、十津川が、きいた。

「特攻基地には、時々、妙なおとぎ話が、生まれるのです」

「しかし、当時十一歳の少年が、はっきりと銃声を聞いたといっているんですよ。それが、おとぎ話ですか？」

「そうです。おとぎ話です。特攻隊員だって二十歳そこそこで、敵艦に、体当たりし

て死んでいくんです。そうして、時には、軍神《ぐんしん》と呼ばれるようになる。つまり、神様になるわけですよ。神様の話だから、おとぎ話じゃありませんか？」

と、記者は、いう。

「おとぎ話でも、構いませんが、あなたは、そのおとぎ話を、お聞きになったことがあるんですね？」

十津川が、その記者に、きいた。

「たしかに、あの飛行場で、おとぎ話を、聞いていますよ。その話を聞きたいですか？」

「ええ、聞きたいですね。ぜひ、話してください」

と、十津川が、頼んだ。

「それでは、お話ししましょう。二十歳の特攻隊員がいたんです。その若者に、出撃命令が出て、出撃していったのですが、途中、飛行機の故障で、不時着してしまい、任務を果たせぬままに、飛行場に、帰ってきました。ところが、彼が、飛行場に、戻ってきたのは、一カ月も経った後だったので、その間に新聞やラジオには、米軍の空母に、体当たりして亡くなり、二階級特進したと、発表されてしまったんです。その特攻隊員は、すぐにでも、死のうと決心しました。自分は、もう、死んだことになっているんですからね。しかし、もう一度特攻しようとしても、そのための、飛行機がありません。飛行場の隅には、何機もの特攻機が、並んでいました。ところが、検査官がいて、この飛行機には、絶対に乗せないという。そこで、深夜、特攻機の一機に、黙って乗り込んで、エンジンを回したんです。それに、検査官が気づいて、怒鳴ったんですね。こんな役に立たない飛行機に乗って、むざむざ犬死にするなと。そんなことは、どんなことがあっても、許さない。そういいましてね。その後、どんなやり取りがあったのかは、分かりませんが、銃声がして、特攻隊員が、死んでしまったんです。検査官は、彼を狙《ねら》って撃ったわけではなかった。エンジンを撃って、それを止めてしまえば、出撃を、諦《あきら》めるだろう。そう考えて、エンジン部分を、撃ったのですが、それがたまたま、特攻隊員に、命中してしまったんです。しかし、誰も、そんなところを、目撃した者はいません。話として、伝わっているだけなんです。だから、おとぎ話といわれるんですよ」

と、記者は、十津川に話してくれた。

「そのおとぎ話は、飛行場の片隅に、誰かが亡くなった特攻隊員のために、木のお墓を作ったという話に、つながっていくのではありませんか？」

「たしかに、作ったかもしれませんが、おとぎ話です。そして、死んだ特攻隊員は、今も郷里では、軍神です」

記者が、おとぎ話の続きをしてくれないので、十津川と亀井は、飛行場近くの小さな寺を、訪ねてみた。お墓が作られたのならば、それに立ち会った寺の住職がいるはずだと思ったからである。

当時の住職は、残念ながら、すでに亡くなっていた。その代わりに、三十代の若い住職が、出てきて、十津川と亀井に応対してくれた。

その若い住職は、亡くなった当時の住職から聞いたという話を覚えていて、それを、十津川たちに話してくれた。

「何でも、当時の住職さんは戦争が終わりに近づいた頃、基地司令から、来てくれといわれて、飛行場に駆けつけたそうです」

「木のお墓が建っていたと聞いていますが、そのお墓には、何という名前が、書いてあったのか、先代の住職さんから、聞いていませんか?」

「戒名《かいみょう》ではなかったと、いっていましたね。たしか、生前の名前で、松村剣《まつむらけん》と書いてあった。まつむらは普通の松と村で、けんのけんは健康の健ではなくて、つるぎの剣という字だった。先代の住職さんは、そんなふうにいっていましたね。ただ、軍神松村剣とあったそうです」

「戦争が終わった時、その木のお墓も撤去されたと聞いているのですが、その辺りの事情を、ご住職は、何か、ご存じではありませんか？」

「たしか、八月の末頃だったそうですが、突然、アメリカの兵隊がやって来て、特攻機に、ガソリンをかけて、全部燃やしてしまったんです。誰かが、特攻機だとか、神風《かみかぜ》とか、いったのではありませんかね？　それで、アメリカの兵士たちは、これは、大変だと思って、燃やしてしまったんだと思いますよ。その時、当時の住職さんも、あの飛行場に行っていたそうですが、アメリカ兵が、あの木のお墓に何かしたら、困ると思って、それで行っていたそうです。そうしたら、松村剣という人の、家族が来ていて、その木のお墓を持って帰りたいというので、当時の住職さんは、その場で、供養《くよう》のお経を上げたと、いっていましたね。その後、その木のお墓を丁寧《ていねい》に紙でくるんで、家族の人は、郷里に、帰っていったそうですよ」

「その松村剣という人が、どこの人か、分かりませんか？」

「たしか、北のほうの人だと聞いています。新潟ではなかったですかね？　木のお墓を持って帰った後、家族から当時の住職さんにお礼状が来て、その住所が、新潟になっていたそうですから」

「そのお礼状ですが、今もお持ちになっていますか？」

十津川が、きいた。

「さあ、どうでしょう。お礼状はないかもしれませんが、その後も、当時の住職さんは、松村さんの家族と、手紙のやりとりをしていたようですから、もしかすると、それが、どこかにあるかもしれません。探してみますから、お待ちください」

と、いって、若い住職は、奥に引っ込んでいった。

しばらくして、

「ありましたよ」

と、いって、持ってきてくれたのは、二十年近く前の、ハガキだった。

〈その節は、多大なる、ご厚情にあずかり、お礼を申し上げます。

おかげさまにて、弟の剣も、こちらのお寺で、安らかに眠っております。なお、今も、弟の墓には、軍神と彫られています〉

差出人は、松村剣の兄、松村遼《りよう》とあって、佐渡《さど》の住所が、書いてあった。

十津川は、その住所と名前を自分の手帳に書き留めてから、若い住職に礼をいって、寺をあとにした。

第四章　戦中日記

1

十津川は、佐渡に行く前に、寄りたいところがあった。

「カメさんも、付き合ってくれないか?」

「警部は、どこに寄りたいと、思っていらっしゃるんですか?」

と、亀井が、きく。

「柏崎だ」

「吉岡浩一郎のことなら、新しい証人が見つからないと、本当の姿が、見えてこないと、いわれていたんじゃ、ありませんか?」

「それは、私にもよく分かっている。柏崎の市長と、電話で話している時に聞いたんだが、吉岡家というのは、新潟でも一、二を争う旧家だそうだ。戦後『日本の旧家』というタイトルで、吉岡家を題材にしたドキュメンタリーが、撮られたこともあったという。だから、その、古い吉岡家と、吉岡浩一郎の関係を見てみたいんだ」

と、十津川が、いった。

「しかし、肝心《かんじん》の、吉岡浩一郎は、戦後すぐに柏崎市内のマンションに住んで、旧家は、現在、博物館になっていると聞いたんですが」

「だから、その博物館を、見てみたいんだよ」

十津川は、いった。

十津川は、大地主や旧家の家自体を見たいわけではなかった。十津川が見たい、知りたいのは、その家が、吉岡浩一郎を、どう育てたかということだった。

翌日、十津川たちは、新幹線と在来線を乗り継いで、午前十時すぎには、柏崎に着いていた。

柏崎駅からタクシーを拾う。

十津川が、運転手に、

「郊外に、新潟でも、一、二を争う旧家があると聞いたんだが、そこに、行ってもらいたい」

「吉岡家ですね。分かりました」

と、運転手は、いった。

「お客さんたちは今日、特別公開で、いらっしゃったんですか？」

「何の特別公開？」

「お客さんたちを、これから、ご案内する吉岡家は、戦後、博物館になったんですが、今回、改修作業が行われたんです。そこには、未公開の蔵が、いくつもあって、いろいろな宝物が眠っているみたいです。今回、改修工事も、済んだし、今日から一週間、改修記念の特別公開があるんですが、その宝物も、見られるようですよ」

「ということは、広い屋敷の中を、自由に見て回れるんですか？」

「そうですよ。普段から、勝手に歩き回られては、博物館側も、困るかもしれませんけど、今日から一週間は、特別です。吉岡家というのは、市でも自慢の旧家ですから、ゆっくり見ていってください」

運転手は、まるで自分のことのように、自慢した。

吉岡家、今は博物館だが、その前の臨時駐車場は、観光バスや自家用車で埋まっていた。

十津川は初めて、新潟で、一、二を争う旧家を目にしたのだが、東京の人間である十津川は、けた違いの広さに、圧倒された。いくつもの築山《つきやま》があり、川も流れ、滝も落ちている。

十津川たちが、庭を散策していると、向こうから外国人としゃべりながら近づいてくる柏崎市長に、気がついた。向こうもすぐ、こちらに気づいた。

十津川が、旧家と吉岡浩一郎との関係を、調べたいというと、市長はすぐ、それに相応《ふさわ》しい人間を、知っているという。

市長が紹介してくれたのは、今は博物館となっている吉岡家だが、その博物館の館長になっている、元大学の教授で、原口喜一郎《はらぐちきいちろう》という七十歳の男だった。

十津川が、吉岡家と、吉岡浩一郎の関係が、知りたいというと、

「分かりました。この邸《やしき》には、秘密の部屋が、あるので、そこに行って、お話をしましょう」

と、いい、日本で最初に作られたという洋間に、案内した。

その洋間は、地下室のようになっているので、見物客が来る気配は、全くといっていいほどなかった。

「私も、写真などで、日本の旧家を何軒も見たことがあるんですが、吉岡家というのは、ほかの旧家と比《くら》べても、二、三倍は、大きいですね。これはどうしてですか？」

十津川が、きくと、原口は、ニッコリして、

「吉岡家というのは、江戸時代から続く旧家なんですが、明治になって突然、庭から、石油が噴《ふ》き出したんですよ。もちろん、アメリカなんかに比べれば、その量は微々たるものですが、明治時代には、この辺《あた》りで、石油が湧《わ》き出て、石油成金が生まれました。吉岡家は、元々、この辺りの大地主で、昔から裕福な旧家でしたが、そこに石油が出たというので、さらに、広い土地を、所有するようになったのです。明治時代の吉岡家の当主は、ハイカラで、この部屋のように、日本で最初の洋間を作ったり、フランスから、飛行機を買い入れて、広い庭で飛ばしたり、子供たちは、全員必ず、アメリカやイギリスに留学させていました。十津川さんが調べたいと思っていらっしゃる浩一郎さんも、アメリカに留学しています」

「しかし、戦争に負けてからは、農地改革などいろいろなことがありましたから、その頃は、吉岡家も、苦労されたんじゃありませんか？」

「もちろん、あの頃は、日本中が苦労しましたからね。その点は、吉岡家も同じでした。当時のＧＨＱの民政局の連中が、よく来てましたよ。彼らは、少しばかり左翼的な考えの持ち主で、吉岡家と小作人の関係が、典型的な日本的奴隷制度に思えたらしいのです。ひどいことも、いわれたようです。幸運だったのは、民政局の中に、浩一

郎さんが若い頃、アメリカの大学に留学していた時の同窓生がいたことです。同じクラスにいた友人のアメリカ人が、占領軍の担当者で、農地改革とか、地主などを調べるために、吉岡家を見に来たのです。そのアメリカ人が、ここを博物館にしてしまえば、農地改革の痛手を最小限に抑《おさ》えることができる。それに、税金の面でも優遇されるはずだと、いろいろな知恵を、浩一郎さんに、与えてくれたのです。吉岡家は、そのアメリカ人のアドバイス通りに、博物館にすることにしました。そして、浩一郎さんは、柏崎市内に、暮らすようになったんです」

「なるほど、そういうことですか。それでも、農地改革では、相当痛い目に遭《あ》ったんじゃありませんか？」

と、十津川が、きいた。

「たしかに、当時の吉岡家も、大きな痛手を受けましたが、今もお話ししたように、アメリカの友人が、占領軍の代表者としてやって来て、そのサジェスチョンを受けることができたので、それで、博物館を作ったのですよ。といっても、あまりにも広い屋敷でしたから、いくら何でも、全部を博物館にするわけにはいかなかったので、半分くらいの土地や建物が、博物館になりました。残りは、吉岡家の財産として、残ったんです」

「それで、その財産は、戦後、当主となった吉岡浩一郎さんが、引き継いだというわけですね？」

「その通りです」

「しかし、吉岡さんは、ここには住まずに、柏崎市内で暮らしていましたね？」

と、亀井が、きいた。

「本人に確認したわけではありませんが、それが、浩一郎さんの、戦後の生き方だったんじゃありませんか？　太宰治《だざいおさむ》が、青森《あおもり》の大地主の家に生まれた栄光と苦しみを、小説に書いていますが、浩一郎さんも、戦後を生きていく上で、莫大《ばくだい》な財産を引き継いだことを、恥ずかしいことだと思ったんじゃありませんかね？　それで、浩一郎さんは、一介のサラリーマンとして勤務し、この広大な屋敷を離れて、暮らし始めたんですよ」

「私が知りたいのは、戦後、新潟で一、二を争う旧家を引き継がれた吉岡浩一郎さんの生き方なんですよ。十年前に殺されましたが、それまでの六十年間、つまり、戦後を、吉岡浩一郎さんは、どんな過ごし方をしていたのか、何を考えていたのか、それが知りたいのです。原口さんは、吉岡浩一郎さんとは、これまで、どのような付き合い方を、されてきたんですか？」

十津川が、きくと、原口は、落ち着いた顔になって、

「浩一郎さんとは、大学の先輩と後輩の関係になります。もちろん、私のほうが、三十年近く後輩ですよ。しかし、ここの館長になってから、亡くなった浩一郎さんの伝記を本にしようと思って、いろいろ調べてみました。すると、浩一郎さんが、戦後、矛盾《むじゅん》しているような生き方をしていることが分かりました。そのことに興味を感じて、どうして、そんな生き方をしていたのか、調べました」

その原口の言葉に、

「今、戦後の矛盾した生き方、とおっしゃいましたが、どういうことでしょうか？」

と、十津川が質《ただ》した。

「矛盾というか、ちぐはぐというか。戦前・戦中の吉岡さんは、飛行機工学の専門技術者として、ひたすら、科学的な合理性を追究し、邁進《まいしん》しておられた。生家の潤沢《じゅんたく》な財産についても、何ら疑問を感じることもなく、自分の立場を支えてくれる、バックボーンの一つとして、見ておられたようです。ところが戦後は、豊かな財産を恥じるかのように、ひっそりと、住まいを選ばれた。生家の半分を、博物館に寄贈されたとはいえ、まだまだ宏大な家屋敷が、残されているにもかかわらず、です」

「なるほど。技術者としては、戦後も一貫して、新幹線の開発、改良に尽くされてい

ます。そこは変わらない。しかし、人間としての生き方では、変わられた、ということですね」

「そう感じずにはいられません」

「戦前の、吉岡浩一郎さんは、陸軍の航空技術研究所の部長になって、最後は、特攻機の検査官をやっておられました。それは大変辛《つら》い仕事だったと思うんですよ。何しろ、翌日の特攻隊員が決められていて、彼らが乗っていく飛行機を吉岡さんは、一機一機、検査しなければならない。吉岡さんが、合格点を与えれば、次の日、若い特攻隊員が、その飛行機に乗って、アメリカの艦隊に、突っ込んでいくわけですからね」

「そうですね、浩一郎さんのことを、いろいろと調べていくと、さっきも、申し上げましたが、戦後は、矛盾した生き方をされているような、そんな感じがして、仕方がないのですよ」

原口が、繰り返した。

「吉岡浩一郎さんは、明らかに、矛盾した生き方をされているのに、なぜ、それを、正そうとしなかったのか？　それで、十年前に、突然、東京に行き、そこで、殺されてしまいました。これは私の勝手な想像ですが、ひょっとすると、吉岡さんは、自分が殺されることを、承知した上で、東京に行ったのではないのか？　私は、そんなふうにも、考えてしまうのですが、どうですか？」

と、十津川が、いうと、原口は、一瞬間を置いてから、

「お茶でも飲んで、少し落ち着いて、お話ししましょう」

と、いう。

洋間の隣にある茶室に、十津川と亀井を案内すると、原口は、そこで、お茶を点《た》ててくれた。

「日本で最初の洋間を作り、その隣に、茶室があるというのも、矛盾しているといえば矛盾しているといえますね」

亀井が、面白そうに、いった。

「こちらの茶室のほうは、戦後になってから、浩一郎さんが、作ったものだと、いわれています」

「なぜ、吉岡さんは、洋間の隣に、茶室を作ったんでしょうか？」

「さあ、どうしてでしょうかね。私にもよく分かりませんが、今、亀井さんがいわれたように、この二つの取り合わせも、いわば矛盾ですね」

と、原口が、いった。

お茶をご馳走《ちそう》になってから、もう一度、洋間に戻ると、原口は、

「ちょっとお待ちください。お見せしたいものがあります」

と、いって、いったん洋間から出ていき、五分ほどすると、コーヒーと一緒に、アルバムを三冊持って戻ってきた。

「これには、浩一郎さんが、自分で撮った写真もありますし、カメラマンが、押しかけてきて撮った写真もあります。それを見ながら、私の知っている浩一郎さんについて、お話ししますよ」

と、原口が、いった。

「ところで、まだ、おききしていませんでしたが、原口さんは、どうして、館長になったのですか？」

「浩一郎さんの知り合いが、私の友人で、彼に紹介されて、浩一郎さんと初めて会ったんです。その時に、博物館の館長になってくれないかという話に、なったんですが、最初、この大きな博物館の、館長になることを要請されて、断ろうと思ったんですよ」

「どうしてですか？」

「その頃の私は、浩一郎さんの生き方を、細かく調べたわけではなかったし、戦後も上手《うま》く世渡りした人だと思っていたんですよ」

「なるほど」

「浩一郎さんは、戦争中、陸軍航空技術研究所の検査官だったわけでしょう？　特攻機の検査もしていた。戦後は、軍人から、サラリーマンに転身して、さっさと国鉄、そしてＪＲに勤めるようになった。簡単にいえば、日の当たる場所ばかり、歩いてきた人だと思ったんですよ」

「そういわれてみれば、たしかに、その通りですね」

「私が、いちばん、引っ掛かったのは、戦後の農地改革のことなんです。これは、アメリカの占領軍が、やったわけですが、日本中の多くの地主が、この農地改革で、土地を失っています。ところが、吉岡家の場合は、占領軍の農地改革の担当者から、いろいろ教えられて、土地や建物の半分を博物館にして、あとの半分は、当主となった浩一郎さんが、財産として、まんまと引き継いだ。その生き方が、私には何となく気に食わなかったんです。それでも、最終的には、館長を引き受けることにしました」

「どうしてですか？」

「引き受けるべきか、断るべきかで悩んだあげくに、時間をもらって、私なりに、浩一郎さんのことを、調べたんです。そうしたら、浩一郎さんという人は、私が疑いの目を向けたような、ずる賢い人間ではないことが、次第に分かってきました。アメリカ留学時代の友人の、サジェスチョンで、たしかに財産を残しましたが、私が、館長のお話をいただいた頃には、その財産も、さほど残っていないようでした。財産といえるのは、ここの家屋敷と、住んでおられたお宅くらいです。たしかに家屋敷は広いですけれど、税金とのかねあいなどを考えれば、戦前とは大きく違っています。そういうことも分かってきたので、博物館の館長を、引き受けることにしました」

「それは、アメリカ人の友人のおかげで、残すことのできた財産を、社会に還元したり、寄付したりしてきた。そういうことだったんじゃありませんか？」

十津川が、きいた。

イエスというだろうと思っていたのだが、原口の答えは、違っていた。

「吉岡さんは、今、十津川さんがいったような意味で、財産を社会還元したわけではなかったんですよ」

「しかし、大きな財産が、いつの間にかなくなっていたんでしょう？　莫大な財産を全て遊びに使ったとは思えませんし、だとしたら、社会還元に使ったと考えるのが、妥当《だとう》なんじゃありませんか？」

十津川が、きくと、原口は目を閉じ、しばらくの間、じっと黙って何かを考えていたが、

「実は、いかにも浩一郎さんらしい使い方をしているんです」

と、いった。

2

「原口さんは、いつから、こちらの館長になられたんですか？」

十津川が、きいた。

「十五年前からです。私が館長になってから、浩一郎さんと付き合いが始まりましたから、付き合ったのは五年間ということになります」

「吉岡さんとは、どんな形の付き合いだったんですか？」

と、亀井が、きいた。

「私は博物館の館長ですからね、どうしても、博物館として、いろいろと買ってほしいものが、出てくるんですよ。例《たと》えば、江戸時代の農機具を、全部集めたいとか、誰々の書や、絵画が欲しいとか。そういう時には、浩一郎さんのところに、相談に行きました。また、吉岡家は昔から大地主として、また、資産家として、藩に大金を貸していましたから、その頃の帳面も、何としても、揃《そろ》えたいと思っていました。建物の改装の時にも、浩一郎さんのところに、資金について、相談に行きました」

「そういう時、吉岡さんは、どういう返事を、していたんですか？」

「こちらの頼みは、ほとんど全部聞いてもらいましたね」

「しかし、先ほどいわれたように、吉岡浩一郎さんには、さして財産といえるものは、残されていなかったんでしょう？」

「ええ。それまでにも、博物館の収蔵品を充実させるために、多大な出費をしておられました。何より、博物館の維持、運営の費用も、バカになりません」

「にもかかわらず、原口さんが、資金の相談に行かれると、いつも快諾《かいだく》されたわけですね？」

「そうです」

「資金は、どのようにして、捻出《ねんしゅつ》されたのでしょうか？」

十津川は、きかずには、おれなかった。

「これは、浩一郎さんが、してくれたわけじゃありませんよ。吉岡家と博物館は、どちらもK銀行の柏崎支店が取り引き銀行だったんです。博物館の館長としては、浩一郎さんの許可をもらって、預金を引き出してもらって、そういうものを買っていたんです。ところが、そうしているうちに、K銀行の柏崎支店の支店長と親しくなりましてね。最初は、絶対にしゃべってくれなかったんですが、そのうちに私のことを信用してくれるようになったのか、浩一郎さんが、どんなふうにお金を用立ててくれているのかを、ほんの少しずつですが、話してくれるようになったんです」

「たとえば、この家屋敷を抵当に入れて、といったことですか？」

「まあ、そんなところでしょう。浩一郎さんは、私欲のない人でした」

原口は、言葉を濁した。

「吉岡浩一郎さんが、戦争中から戦後にかけて、何を考え、どう生きたのか、それが分かるような、資料とかメモのようなものは、ありませんか？」

十津川が、原口に、きく。

「残念ですが、それはまず、無理だと思います」

と、原口が、いう。

「どうして、無理なんですか？　原口さん自身、五年間、吉岡浩一郎さんと、付き合った。その結果、いろいろなことが、分かったと、さっき、おっしゃったではありませんか？　あなたが分かったことを、この場で、話してもらえませんか？」

「もちろん、話しても、構いませんがね。しかし――」

と、いってから、原口は、コーヒーの残りを口に運んだ。

「しかし、私が、しゃべることは、全て私の勝手な推測ですからね。刑事さんがいうような、しっかりとした、証拠があってのことじゃないんです」

「何か、証拠のようなものは、ないのですか？　例えば、吉岡浩一郎さんが、書き記《しる》していた日記とか、そういう形のあるものは」

「正直に、申し上げるんですが、はっきりとした証拠のようなものは、残っていませんね。その点、浩一郎さんという人は、自分自身を、弁明するのが、下手《へた》な、というか、嫌いな人でしたからね」

「私は、これまでに、何人かの日本軍の将校や連隊長、師団長などについて、調べてきました。彼らは、全員が、一人残らず、克明《こくめい》な日記を、つけていました。私が聞いたところでは、日本陸軍で、将校になるためには、まず、士官学校を出なければなりません。さらに、その上を望めば、陸軍大学校を、優秀な成績で、卒業する必要があります。一方、吉岡浩一郎さんは、大学を優秀な成績で卒業した後、自ら陸軍航空技術研究所の試験を受けて入所しました。今までの私の経験からいえば、吉岡浩一郎さんも、戦時中、日記をつけているはずなんですよ。高度な軍事機密に、かかわる立場の技術者が、詳細な記録を残すのは、当時としては、当たり前のことであり、義務でもあったでしょう。士官学校でも陸大でも、毎日日記をつけさせますから。戦後もずっと、日記をつけていたと思いますが、その日記は、今もどこかにあるはずなのです。原口さんは、その日記帳がどこにあるのか、ご存じなんじゃありませんか？」

十津川は、じっと、原口の顔を見た。

「そういうことについては、お答えできかねます」

原口が、答える。

「それは、どうしてですか？」

十津川が、いったが、原口は、黙ったままだった。

「亡くなった吉岡浩一郎さんと、何か、約束されているんですか？」

今度は、亀井が、きいた。

「私の知っている浩一郎さんは、大学時代から、毎日日記をつけていたと、はっきりおっしゃっていました。それは、陸軍航空技術研究所に入ってからも、ずっとです。戦後も、つけていたようですから、おそらく、膨大《ぼうだい》な量の、日記が残っているはずです。現在、浩一郎さんが、亡くなってから十年、正確には、九年と十一カ月ですが、あと一カ月で、没後十年が経ちます。浩一郎さんは、私と、浩一郎さんの秘書だった、早川《はやかわ》さんの二人に向かって、もし、自分が、死んだら、自分が書いた、何十冊もの日記があるので、十年後には、それを一冊残らず、全部燃やしてほしい。それを約束してくれと、いわれたのです。私と早川さんは、浩一郎さんに約束しました。あと一カ月、それで丸十年が経ちますから、膨大な数になる日記帳は、全て、燃やしてしまうつもりでいます。それが、浩一郎さんとの約束です。ですから、警察の方といえども、浩一郎さんの日記をお見せするわけにはいきません」

と、原口が、いった。

「やっぱり、吉岡浩一郎さんは、日記をつけていたんですね?」

十津川が、改めて、確認する。

「死ぬ寸前まで、毎日、欠かさず日記をつけていたことは、間違いありません。何度も、いいますが、あと一カ月経ったら、私と早川さんで、浩一郎さんの日記を、全部燃やすつもりです」

と、原口が、きっぱりと、いった。

「しかし、吉岡さんのことを、話してくださると約束したはずですよ」

「しかし、日記をお見せするとは、いっていませんよ」

「原口さんに、一言だけ、申し上げておきたいのですが」

「何でしょう?」

「日本は、戦争に負けました。その後、驚異的な、発展を遂《と》げました。反省があったからです。自分たちの過去を的確に示す、日記が、必要なんですよ。吉岡浩一郎さんの書いた日記ならば、おそらく、それに、もっとも強く適合しているのではないかと、思います。そんな日記を、いたずらに燃やしてしまうのは、歴史を否定する行為といえるんじゃありませんか。それに、社会的な地位のあった人の日記が、公開されることは必要なはずです。お分かりになるでしょう？」

「どうしてです？」

「今の日本を見てごらんなさい。今まで、平和を口にしていた人が、今は、戦争を唱《とな》えています。政治家も官僚も、マスコミもです。たぶん、反省という日記を燃やしてしまったんでしょうね」

「しかし、浩一郎さんと、約束をしてしまいましたからね」

「個人的な約束を守るよりも、吉岡さんの日記を残すことのほうが、重要ですよ。吉岡さんの日記は、日本の歴史の、ある部分を示す貴重な宝物ですよ。それなのに、原口さんは、どうして、燃やしてしまおうなどと、考えるんですか？　絶対に、保管しておくべきです。それを、私にも、ぜひ見せていただきたい。口外《こうがい》しないし、私は、吉岡さん殺しを、解決したいんですよ」

と、十津川が、いった。

「十津川さんのいわれることも分かります。たしかに、その通りだと、思いますよ。しかし、私は、浩一郎さんと約束をしましたからね。約束を破るわけには、いかないのです。あなたは、事実を、明らかにするために、日記を公開することが、必要だといわれましたが、私は、そうは、考えないのですよ。全てが、秘密のままに、葬《ほうむ》り去られてしまうことのほうが、今の日本には、必要ではないかと、私は、考えるのです」

原口が、負けずに、いい返す。

間を置いて、十津川が、

「ダメですか？　吉岡さんの日記を見せていただけませんか？」

「ダメです。申し訳ありませんが、お断りします」

原口が、繰り返す。

十津川は、疲れたように、

「分かりました。ここまでお願いしてもダメだとおっしゃるのなら、残念ですが、諦《あきら》めましょう。ただ、あなたの見た吉岡浩一郎さんについては、話してもらいますよ」

十津川は、亀井を促《うなが》して、立ち上がった。

3

十津川と亀井は、洋間を出ると、博物館の建物に向かって歩いていった。

見物をしに来た人たちが、博物館の建物の中や、庭にあふれている。

庭には、川が流れ、そこでは釣りを楽しむことが、できるようになっていた。何人もの人たちが、釣り糸を垂《た》れていた。

川沿いに、遊歩道も、作られている。その遊歩道を歩きながら、亀井が、

「警部に、ちょっと申し上げたいことがあるんですが」

改まった口調で、いうと、十津川が、亀井を制して、

「最後までいわなくても、分かっているよ。どうして、腕力に、訴えてでも、吉岡浩一郎の日記を、奪い取らなかったのかというんだろう？」

「その通りです。警部自身が、おっしゃっていたじゃないですか。吉岡浩一郎の書いた日記ほど、今の日本にとって、必要なものはないと。それなのに、どうして、簡単に諦めて、引き下がってしまわれたんですか？」

「いや、カメさん、私は、諦めたわけじゃないよ」

十津川が、笑った。

「あの、原口という、博物館の館長が、吉岡浩一郎の秘書だった早川と二人で、吉岡浩一郎の日記を燃やすには、まだ、あと一カ月ある」

「いや、警部、ひょっとすると、一カ月もないかもしれませんよ」

「どうして？」

「われわれ、警察が、訪ねていって、吉岡浩一郎の日記を見せてほしいと、しつこくいったので、奪われては、困ると考え、二、三日中に、館長と元秘書の二人で、何十冊もあるという膨大な日記を、全て燃やしてしまうかもしれませんよ」

「もちろん、心配は、私にもある。だから、あの洋間にマイクを仕掛けておいた」

と、十津川が、いった。

「マイクですか⁉」

亀井が、驚いたように、問いかえした。

「そうだよ、帰りがけに、洋間のテーブルの下に、小型マイクを、張りつけておいたんだ。カメさんがいうように、私たちが、吉岡浩一郎の日記が欲しいと、しつこくいったから、原口は、すぐに、早川を呼んで、善後策を話し合うだろう。警察に渡す前に、燃やしてしまうとか、どこか別のところに、仕舞《しま》ってしまうとか。だから、隠しマイクをセットしておいたんだ」

「警部も、大胆なことをされますね」

亀井が、感に堪《た》えないように、いう。

「カメさんは、まずいんじゃないかと、思っているんだろう？　私は別に、マイクから入手した情報を、証拠として、法廷に持ち出そうというんじゃない。それよりも、彼らこそ、殺人事件の状況証拠となるかもしれない日記を、燃やそうとしているんだ。明らかな、証拠湮滅《いんめつ》だよ。日記の価値を知ってて、あえて燃やそうとするんだから、悪質だよ」

十津川の、強い口調に、亀井が、ニヤリとしながら、うなずいた。

十津川は、歩きながら、ポケットから受信機を取り出し、そのスイッチを入れた。

音が入る。

しかし、原口の声は、聞こえてこなかった。

しばらく、川べりを歩いているうちに、やっと、原口の声が入ってきた。

「早川さんを頼む」

と、原口が、いう。

おそらく、原口は、どこかに電話をかけ、早川秘書を呼んでもらうことにしたのだろう。

電話がつながったらしく、原口が、早口でいう。

「今、警視庁の刑事が、二人やって来ましたよ。浩一郎さんの書いた日記を、読ませろと、しつこくいうので、ほとほと、困りました。どうしたらいいですかね？」

「しかし、そのことは、吉岡さんから、固く止められていますよ。誰にも見せずに、そのまま焼却してくれと、いわれているじゃありませんか？　あの約束は、破ることは、できませんよ」

電話の向こうの、早川の応答までが、鮮明にきこえてきた。たぶん、少し耳の遠くなった原口が、受話器の音量を、大きくしているのだろう。

「もちろん、分かっています。だから、こうして、あなたに、電話をしているんですよ。浩一郎さんと約束した十年には、まだあと一カ月ありますが、警察が、目をつけたことを考えると、一刻も早く、燃やしてしまったほうが、いいと思うのです」

「賛成です」

「私が考えているのは、佐渡の松村さんのことなんですよ」

「そうでしたね。亡くなった吉岡さんは、自分は松村剣の死に、責任がある。もし、彼の家族が、私の日記を読みたいといったら、焼き捨てる前に、松村さんの家族だけには、読んでもらっても構わない。もちろん、その後は、すぐに焼却してほしい。吉岡さんは、わざわざ、松村さんのことで、私やあなたに、遺言された。どうしますか？」

早川が、きき返す。

「それは、あなたが決めてくれませんか？」

「私がですか？」

「そうです」

「いや、秘書としての仕事は、あなたよりも長かったですが、吉岡さんは、あなたのことを、いちばん信用していたと思います。ですから、佐渡の松村さんに、確認して、日記のどの部分を見たいかとききき、その年度の日記だけを渡して、あとは、すぐに、処分してしまうのがベストだと思います。松村さんの家族に連絡せず、日記を焼いてしまったりすれば、吉岡さんがあの世で悲しむだろうと思います。とにかく、松村さんのほうに連絡してみてください。お願いしますよ」

「分かりました。すぐ、松村さんに電話をしてみます」

と、原口は、いってから、

「一つききたいのですが、浩一郎さんは、どうして膨大な日記を焼却してくれと、いったんですかね？」

「そのことで、一度だけ、吉岡さんは、自分の気持ちをいわれたことがあるんです。こういわれました。日記は、私の人生だが、何度読み返しても恥ずかしい人生だと。それが、死後の焼却を願う理由じゃありませんか」

この後、佐渡の松村家に電話しているらしい原口の声が、聞こえてきた。

「松村さんのお宅ですね？　私は、吉岡浩一郎さんの旧家の博物館で、館長をやっている原口です。今、私と、吉岡さんの元秘書とで、吉岡さんが書いた、戦中から戦後にかけての膨大な日記を、管理しています。この日記は、今まで誰にも見せずに、保管してきたもので、自分が死んで十年経ったら焼却してほしいと、吉岡さんはいわれていますが、佐渡の松村さんだけには、希望があれば、読んでもらっても構わない。ただし、読み終わった場合には、ただちに、焼却してほしい。そう、吉岡さんにいわれております。何年度の日記か、いってくだされば、すぐコピーして、お送りします。こちらに来られても構いません」

「吉岡さんの日記というと、戦争中のことも書かれているわけですね？」

「そうです。おそらく、松村さんのことも、書かれているはずです。昭和十九年から、二十年にかけての日記だと思います」

と、原口が、いってから、声が消えた。

その二十五、六分後に、佐渡の松村家から、原口に、電話が入った。

「佐渡の松村です。今、家族で話し合った結果、明日にでも、そちらに伺《うかが》って、自分たちのことが書かれている吉岡さんの日記を拝見したいということになりました。それで、何時に、そちらに、お伺いすればよろしいでしょうか？」

「こちらは、何時でも構いませんが、それでは、時間を決めましょう。午後一時ではどうですか？」

「分かりました。午後一時に、お伺いしますが、そちらには、どのように行ったら、いいのでしょうか？」

「とりあえず、柏崎まで、来てください。そこからタクシーに乗って、吉岡家といえば、黙っていても、こちらに、到着するはずです。到着したら、博物館の館内電話で、私、原口を呼んでください。すぐに、伺いますから」

そういって、原口が、電話を切った。

電話が切れると、十津川が、小さく溜息《ためいき》をついた。

「明日ですね」

亀井が、自分に、いい聞かせるように、いったあと、

「どうしたら、われわれが、吉岡浩一郎の日記を、読めるでしょうか？」

「明日、こちらに来られたら、日記をお見せすると、原口が、いっていたね？　そのことから考えると、日記はおそらく、博物館ではなくて、われわれが、洋間と茶室に、案内された別棟《べつむね》のほうに、置いてあるんだと思うね。明日は、新潟県警の、刑事たちにも来てもらって、あの洋間の周辺を、張り込もうじゃないか。連中よりも早く、吉岡浩一郎の日記に、目を通すんだ。それが、今回の殺人事件解決の糸口になるはずだから、何とかして事件解決に役立つ日記の部分を読みたい」

と、十津川が、いった。


翌日、十津川と亀井は、博物館に、再び行った。広大な土地と、建物の半分が、博物館になっていて、あとの半分が私邸、吉岡家の持ち物である。

原口にもらったパンフレットを広げた。それを見ながら、十津川が、

「これでは私邸の部分がよくわからないが、何とかして、潜《もぐ》り込みたいね」

すでに、四十歳になっている十津川でも、潜り込む仕事というと、何となく緊張し、同時に、楽しいのである。

博物館のほうには、すでに、見物客が、姿を見せていた。私邸には、図面がないの

で、当てずっぽうに、潜り込むことにする。

日本で最初に作られたという洋間、それにつながる茶室。原口と、早川の二人に呼ばれた松村が、案内されるのは、あの、洋間か茶室のどちらかだろう。

十津川と亀井は、茶室の床下と、洋間の天井裏に、潜り込むことにした。

十津川よりも体重の重い亀井が、茶室の床下に隠れ、十津川が洋間の天井裏に潜《ひそ》んで、時間が経つのを待った。

時間は、刻々と経ったが、午後一時を過ぎても、いっこうに原口や早川、あるいは、佐渡から来るはずの松村の声が聞こえてこない。

忍び込んでから一時間近く経って、十津川の耳に、原口の声がやっと聞こえた。

「どうぞ入ってください」

と、原口の声が、いう。

足音がする。

おそらく早川と、佐渡から呼ばれた松村の二人が、原口に招じ入れられて、あの洋間に入り、ソファに腰を下ろしたところだろう。

「これが、金庫から取り出してきた、戦争中の、吉岡さんの日記二冊です。ざっと目を通したのですが、間違いなく、昭和十九年分と二十年分の日記に、松村さんのことが書かれています。一カ所二カ所ではなくて、何カ所も出てきますね」

天井裏に潜んだ十津川は、天井板に小さなすき間を作り、明るい居間を見下ろした。

テーブルを囲んで、原口、早川、そして、松村の三人が腰を下ろし、二冊の日記がテーブルの上に置いてあるのが見える。

コーヒーが運ばれてきた。

松村が、コーヒーを飲みながら、ゆっくりと、日記帳のページを、めくっている。

いったん十津川と亀井の二人は、建物の外に出た。その後、今度は、正面から洋間に入っていった。

三人が、ぎょっとした顔で、部屋に入ってきた十津川と亀井を見た。

「これは、不法侵入だぞ。立派な、犯罪行為じゃないか」

原口がいい、早川が、

「そうだ、不法侵入だ。すぐに警察に電話したほうがいい」

と、甲高《かんだか》い声で、いった。

それに対して、十津川が、大きな声で、いい返した。

「われわれは、十年前に殺された、吉岡浩一郎さんの事件を、捜査中です。今、テーブルの上に置かれた吉岡浩一郎さんの日記二冊以外にも、何冊かの日記があるはずです。それは、捜査のために必要なものですから、申し訳ないが、全て押収《おうしゅう》させていただきます」

と、十津川が、いった。

早川が、それでも甲高い声で、叫んだ。

「原口さん、すぐに、一一〇番して、警察を呼んでください。この連中は、どうせ令状も何も持っていないでしょうから、明らかな不法侵入なんだ。それに、この日記を奪おうとしているんだから、窃盗《せっとう》の現行犯でもある」

「もういいかげんに諦めたほうがいいですよ」

十津川は、電話に手を伸ばそうとする原口に、向かって、

「問題が起きた時のために、すでに、新潟県警に連絡をして、了解を取ってあります。皆さんが、一一〇番しなくても、新潟県警の刑事たちが、まもなく、やって来ますよ。もし、あくまでも拒否されるなら、その時点で、吉岡浩一郎さんの日記を押収し、皆さんを、証拠湮滅、および公務執行妨害で、逮捕することになりますよ」

その十津川の言葉で、少しばかり、原口は、大人《おとな》しくなった。

それでもまだ、早川だけは一人で、

「これは捜査なんかじゃない。不法侵入だ。日記の強奪だ」

と、大きな声で、叫んでいた。

第五章　折れる脚《あし》のこと

1

十津川は、半《なか》ば強制的に、博物館にあった吉岡浩一郎の日記の中から、昭和十九年と昭和二十年の二冊を、借り受けて、ひとまず退散することにした。

外に出ると、

「これからどうされますか？」

と、亀井が、十津川に、きいてきた。

「そうだな、できれば、太田《おおた》市に行ってみたいと思っている」

「太田市というと、群馬《ぐんま》県の、太田市ですね？」

「ああ、そうだ」

「たしか、あの町では、工場などで働く職人が、足りなくて、ブラジルから、日系だけの労働者を呼ぶことを、日本側が受け入れたところでしょう？　ですから、現在、太田市には、ブラジル人が大勢来ていて、ポルトガル語の学校まで、あるそうですよ。そんな太田市に、何をしに行くつもりですか？」

「戦争中、太田市に、中島飛行機の工場があった。例の特殊攻撃機キ一一五剣は、その中島飛行機の工場で、生産されていた。キ一一五剣のことを知っている者も、少なくなっているし、戦後、この飛行機について、調べている人間も全く見つからないんだ。吉岡浩一郎自身も、たった一枚の写真を残しただけで、亡くなってしまった。そこで、群馬県の太田市に行って探せば、戦争中、中島飛行機の工場で、キ一一五剣を作っていたとか、その資料を持っている人間がいるかもしれないと思ってね」

十津川が、答えた。

十津川は、太田市について、テレビの番組で、見たことがあった。市内には、自動車や機械などの工場が、集中していて、群馬県下でいちばんの利益を上げている工業都市と、紹介されていた。

労働者が不足していたので、海外からの労働者を許可した。ただ、政府の方針で、日系人に限るということにされた。

したがって、太田市内には、ブラジルから来た日系人が、多いということで、今も、労働者や、家族たちが、住んでいて、ポルトガル語が通用するという、テレビ番組だった。

しかし、十津川は、太田市に、戦争中、中島飛行機の工場があり、しかも、十津川が調べている、特殊攻撃機キ一一五剣が、この太田市の工場で、生産されていたことは、全く知らなかった。

太田市に列車で行こうとすると、どこかで必ず、東武《とうぶ》鉄道に、乗り換《か》えなければならない。なるべく早く着きたいので、十津川たちはレンタカーを借りて、車で、群馬県の太田市に向かうことにした。

2

車が、太田市内に入ると、たしかに、ポルトガル語が氾濫《はんらん》していた。ポルトガル語の看板が並んでいるコンビニもあったし、労働者の子供たちに、ポルトガル語、あるいは、日本語を教える学校もあった。

通りを歩いているブラジル人たちは、ほとんどが、日系人で、顔立ちが日本人と変わらないので、外国人という感じはしなかった。楽しい風景である。

十津川たちは、別に、太田市にブラジルから出稼ぎに来ている労働者を、調べに来たわけではないので、まっすぐ、太田市役所に向かった。

警察手帳を見せて、市長に面会を求めたのだが、あいにく市長は外出中ということで、十津川たちに会ってくれたのは、二宮《にのみや》という助役だった。

戦前の太田市について、興味があり、自分なりに調べ、いろいろと知識を持っているという、五十代の小柄な助役である。

「戦争中、この太田市に、中島飛行機の工場があったと、思うんですが」

と、十津川が、いうと、

「中島飛行機のことなら、知っていますよ。関係工場が、たくさんあって、中島コンツェルンを作っていたそうです。工場に隣接して飛行場もあったそうです」

二宮助役が、答える。

「当時の中島飛行機のことを、詳しく知っている人はいませんか？」

「戦争中、中島飛行機で、働いていた人は、あらかた亡くなっていますが、家族の方ならいらっしゃるはずですから、詳しそうな人を、探してみましょう」

と、二宮助役が、いって、奥に姿を消した。

市役所の応接室で、しばらく待っていると、十分ほどして、二宮助役が戻ってきて、

「適当な人が見つかったので、これからご案内します」

と、いってくれた。

二宮助役を、レンタカーに乗せて、その家に、向かった。

その途中で、二宮助役が、十津川たちに、説明してくれた。

「これから、刑事さんをご案内するのは、水沼昭一《みずぬましょういち》という人で、現在は富士重工業で働いています」

「富士重工業というと、元中島飛行機ですね？」

「そうです。今日は、たまたま、会社が休みなので、水沼さんの自宅のほうにご案内します。水沼さんのお父さんは、戦争中に中島飛行機で働いていて、その頃の資料が、今でも、たくさんあるそうですから、刑事さんのお役に立つのではないかと、思いますよ」

その家は、大きな家の立ち並ぶ、いわゆる、高級住宅街の一角にあり、その一軒の表札に「水沼」とあった。

紹介された水沼昭一は、五十代に見える男だった。挨拶《あいさつ》を交わした後、十津川が、

「できれば、中島飛行機の資料とか、当時の工場の様子を写した写真などがあれば、ぜひ、見せていただきたいのですが」

といううと、水沼は、答えた。

「分かりました。それなら、父が作った資料室が、ありますので、そちらに、ご案内しましょう。中島飛行機に関する資料や写真も、保管してありますから」

十津川たちが、案内されたのは、広い庭に面した離れで、水沼がいうように、二十畳ほどの広さの部屋には、中島飛行機に関する写真や資料が、たくさん保管されていた。

「何でも、自由にご覧になってくださって結構ですよ」

と、水沼が、いった。

その中から、十津川は、すぐ、キ一一五剣の写真を、何枚か発見した。

「これはたしか、日本陸軍の特攻機だった、キ一一五剣の、写真ですね？」

と、きくと、水沼は、うなずいて、

「亡くなった父の話では、この特殊攻撃機キ一一五剣を、百五機も、中島飛行機で、作っていたそうですよ。ところが、あまりにも、出来が悪すぎて、実戦には、一機も役に立たなかったそうで、そのことに、父は、とても怒っていましたね」

まず、キ一一五剣の写真を見せてもらう。全部で、十五枚あった。

吉岡浩一郎が、密《ひそ》かに持っていた写真よりも、はるかに鮮明で、細部がよく分かる、写真である。

「ここにある写真は全部、戦時中のものですね？」

「そうです」

「それにしては、なかなかきれいに、撮れていますね」

と、十津川が、誉めると、

「これも、父の話なんですが、中島飛行機は、飛行機の生産だけではなくて、関連機器の生産も、ここでやっていたんです。その中に、航空機用のカメラも、入っていたそうです。飛行機に積んで、下界の景色を撮るためのカメラです。そのカメラを使って、撮っていますから、鮮明に写っているんです」

と、水沼が、いう。

十津川と亀井は、その写真全部をテーブルの上に並べて、一枚一枚丁寧《ていねい》に、ゆっくりと見ていった。

一機だけで、写っているものもあれば、ズラリと、十数機並んで、写っているものもある。そのうちの一枚は、工場内で写されたものだったが、天井は穴だらけになっていて、場所によっては、屋根が、すっかりなくなっているものもあった。

どうして、こうなっているのかと、十津川が、きくと、水沼は、

「父の説明では、アメリカ軍は、この太田市に、中島飛行機の工場があることを、知っていて、B29によって、たびたび爆撃を受けたんだそうです。そのために、この写真のように、屋根がまるっきりなくなっている工場もあるんだそうです」

「このキ一一五剣ですが、最初から、特攻機として、作られたと聞いているんですが、本当でしょうか？」

「ええ、本当ですよ。そのせいで、父は、このキ一一五剣という飛行機に、大きな愛着を、持っていたそうです。とにかく、アメリカの艦船に体当たりするために作られた、いわば、飛行機というよりも兵器ですね」

「中島飛行機では、当時、この特攻機だけを、作っていたというわけでは、ないでしょう？　ほかには、どんなものを、作っていたんですか？」

と、亀井が、きいた。

「これは全て、亡くなった父の、受け売りなんですが」

と、水沼は、断ってから、

「中島飛行機は、昭和十九年頃、東京の三鷹《みたか》に、研究所がありましてね。そこで、新

しい戦闘機、キ八七の設計が、始まっていたんです。設計が終われば、キ八七という戦闘機の製作が、ここの中島の工場で始まることになっていました」

「そのキ八七というのは、どんな戦闘機だったんですか？」

「日本への爆撃に飛んできた、B29というのは、一万メートルの高高度を飛んでくる爆撃機でしてね、そんな高度を飛ぶことが難しかった、当時の日本の戦闘機では、そのB29を要撃するのが、難しかったそうなんですよ。一万メートル以上の、高高度ということになると、日本の戦闘機は、どうしても、エンジンの出力が、落ちてしまうのです。高高度では、空気が薄くなってしまうので、エンジンを回すのには、空気を集めて、空気を濃くして、エンジンに、送り込まなければならないのですが、そのための機器、過給機というのですが、その研究が、アメリカに比《くら》べて、はるかに遅れていたんです。もう一つは、二千馬力のエンジンです。太平洋戦争の初期には、日本の隼やゼロ戦が、活躍したのですが、当時は、戦闘の区域がせいぜい、五、六千メートルの高さでしたから、過給機がついていない千馬力のエンジンでも、うまく、飛んでくれたのです。いわゆる軽い戦闘機の時代です。ところが、戦争が長引いてくると、アメリカは、隼やゼロ戦の倍の馬力を持ったエンジン、二千馬力のエンジンを積んだ戦闘機を、作るようになりました。重戦闘機です。スピードも、日本の戦闘機に比べて、はるかに速いし、武器も、たくさん積んでいます。高高度まで、平気で上がることも、できました。そうして作られたのが、グラマンＦ６Ｆや、Ｐ47サンダーボルト、Ｐ51ムスタングなどといった戦闘機です。いずれも、二千馬力級の大型エンジンを積み、重武装で、高高度まで駆け上がってくるだけの、上昇力も、持っていました。これでは千馬力、軽重量の、日本の戦闘機では太刀打ちできません。その上、Ｂ29という、超大型の爆撃機まで出現してきました。今もいったように、Ｂ29は馬力の大きなエンジンを積んで、重武装、しかも、乗組員は、与圧室に入っているので、一万メートル以上の高度を飛んでも、平気なんです。それもあって、日本も、重戦闘機を作る必要に迫られました。そこで、今いった、東京・三鷹の中島飛行機の研究所で、キ八七の設計が、始まったわけです」

「キ八七という戦闘機は、完成したんですか？」

「いや、残念ながら、試作の段階までしかいきませんでした」

「どうしてですか？」

「簡単にいえば、日本とアメリカの、工業力の差でしょうね。具体的にいえば、日本では、千馬力のエンジンは、うまく作れましたが、倍の二千馬力、特にキ八七用のエンジンは、二千四百五十馬力という、大きなエンジンが必要でした。それを作ることが、日本の工業力では難しかったんです。でき上がっても、やたらに故障するので、信用がなかったんです。さらに、キ八七が、完成しなかった理由は、細かいことをいえば、いくらでもあったと、父は、いっていました。例《たと》えば、アメリカやドイツなどでは、飛行機に積み込む小さなレーダーの製作に、入っていましたが、日本は、全くできませんでした。陸上基地に備えつけるレーダー自体が、うまく、機能しなかったからです。B29の爆撃が、日増しに激しくなっていくのに、その要撃用戦闘機として、開発されるはずのキ八七は、いっこうに、完成機ができないので、中島飛行機の設計部門の技師たちは、キ八七の設計を、途中で諦《あきら》めてしまった。三鷹の設計部門は、いっこうに進まない、キ八七の設計よりも、簡単に作れる特殊攻撃機キ一一五剣のほうが早く完成して、本土決戦に、間に合うと考えたのです。その話を、中島飛行機は、陸軍の航空本部に、持っていったら、最初のうち、陸軍は、真剣に受け付けなかったといわれています。なぜなら、陸軍が、欲しかったのは、キ八七という、高高度でB29を撃墜できる重戦闘機だったからです。ところが、戦局がどんどん日本に不利になって、レイテ沖決戦では、とうとう、陸軍も海軍も、特攻攻撃を始めました。こうなると、本土決戦でも、似たような攻撃が、必要になってくるだろう。そう考えて、陸軍航空本部は、急遽《きゅうきょ》、中島飛行機に、キ一一五剣の設計と生産を、命じたのです。中島飛行機が、この飛行機の設計を、開始した頃は、特攻機では、ありませんでした。当時はまだ、特攻は始まっていなかったし、純粋に爆弾を積んだ、攻撃機としての設計でした。ところが、陸軍航空本部の方は、特攻機として、キ一一五剣の製作を中島飛行機に、命じたのです。昭和二十年一月の話です」

「つまり、中島飛行機では、最初、特攻機として設計したわけではないのに、陸軍航空本部は、特攻機として、キ一一五剣を中島飛行機に注文したというわけですね？」

「そうです。そこで、中島飛行機では、キ一一五剣専門の、設計チームを作り、三月五日に、一号機を完成させています」

水沼が、いうと、十津川は、笑いながら、

「ちょっと、待ってくださいよ」

と、遮《さえぎ》って、

「今の水沼さんのお話では、陸軍航空本部が、中島飛行機に、キ一一五剣の注文をしたのは、一月でしょう？」

「一月の二十日です」

「それが三月の五日に、一号機を完成させてしまったんですか？　あまりにも早すぎないですか？」

「そうです。わずか一カ月半で、一号機を完成させてしまったんです」

「どうして、そんなに早く、一号機を、完成させることが、できたんですか？」

十津川が、きいた。

「私の説明より、まずこれを見れば、その秘密が、分かると思います」

水沼は、丸めた一枚の設計図を、本棚から取り出して、十津川たちの前に広げた。

それは、キ一一五剣の、三面図だった。

「戦争が終わったとたん、軍隊も中島飛行機のような軍需工場も、書類や、こうした設計図は、全て焼却することになりました。アメリカに渡してなるものかという気持ちでしょうが、亡くなった父は、逆に、そうしたものを、何とか残しておきたいと考え、同僚が焼こうとしていたのを、殴《なぐ》り合いのケンカまでして、取り返して、自宅の離れに隠しておいたそうです」

「この設計図を見ると、ずいぶん、小さな飛行機ですね」

亀井が、設計図を、見ながら、いった。

「そうなんです。キ一一五剣というのは、小さな、飛行機だったんですよ。中島飛行機が、最初に攻撃機として設計した時は、もっと大きかったそうです。何しろ、長距離を、飛んでいって、爆弾を、敵の艦船に命中させなければなりませんからね。しかし、陸軍航空本部は、特攻機として注文してきましたから、余計なものは、全部取り外したんです。自然に、小さな飛行機になってしまいました」

「なるほど」

「例えば、ゼロ戦と、大きさを比べてみると、幅はゼロ戦が十一メートル、それに対して、キ一一五剣は八・五七メートル、全長はゼロ戦の九・一一メートルに対して、八・五五メートルです。全高もキ一一五剣のほうが、二十センチ低くなっています」

「そうなると当然、重さも、違うんじゃありませんか？」

　亀井が、きく。

「しかし、これは特攻機だから、五百キロの、爆弾を積んでいる。その重さを合わせると、キ一一五剣のほうが、重くなるかもしれないぞ」

　と、十津川が、いうと、水沼は、

「いえ。あとで説明しますが、五百キロの爆弾ではなくて、二百五十キロの爆弾です」

「五百キロの半分の、二百五十キロですか？」

「そうです。先の話に戻りますが、二百五十キロの爆弾を積んでも、まだキ一一五剣のほうが、ゼロ戦より、はるかに、軽いのですよ」

「どうして、そんなに、キ一一五剣は、軽いんですか？」

「この設計図をご覧になると、分かるように、全体的に、小さいですからね。自然に、重さも軽くなります。そのほか、キ一一五剣には、機銃が積んでありません。もちろん、弾丸もです」

と、水沼が、いった。

「敵の戦闘機と、出会ったら、どうなるんですか？　機銃がなかったら、戦えないじゃないですか」

亀井が、いうと、水沼は、小さく笑って、

「間違いなく、撃墜されますね。スピードも遅いから、敵の戦闘機に、見つかったら、まず逃げられません」

3

「そのほか、キ一一五剣について、お父さんから聞いていることは？」

「キ一一五剣は、日本陸軍が、特攻専用機として開発しました。同じ頃、海軍でも、特攻専用の飛行機を、作っています。桜花という、これは、飛行機というよりも正確にいえば、ロケット機ですね。昭和二十年の、一月から三月、終戦の年ですから、すでに、中島飛行機の工場でも、物資が不足していました。それで、キ一一五剣という特攻機は、さまざまな材料が、使われています。翼だけは、ジュラルミン製ですが、そのほかの部分には、ブリキを使ったり、木を削って、使用したりしています。いちばん特徴的なのは、脚の部分です。ゼロ戦などは、脚に、ショックアブソーバーを取り付けてありますから、滑走路が、荒れていても、離着陸することが、できましたが、キ一一五剣は、まるで、ただの、一本の棒のように、見えるでしょう?」

「そうですね、そんなふうに見えますね」

十津川たちは、すでにキ一一五剣の材質などについて、ある程度は知っていたが、水沼の、話の腰を折らないよう、余分なことは、いわなかった。

「陸軍航空本部は、特攻機だから、離陸さえしてしまえば、敵艦に、体当たりをして、帰ってくることはないと、考えたんですよ。着陸しなくても、いいわけですから、ゼロ戦の脚みたいに上等なものは必要ない。そう考えて、まるで、棒の先に、車輪を付けたようなものを脚にしたんです。離陸したら、脚は切り捨てることに、なっていました。ところが、このキ一一五剣は、カタパルトから飛び出すわけではありませんから、普通の飛行機のように、滑走路を使って、離陸する必要があります。でこぼこの滑走路でも、そこを使わざるをえない。この細い脚ですから、荒れた滑走路を使うと、脚が折れてしまうのです。はっきりいえば欠陥機です。もう一カ所、設計図を見ていただくと分かると思うんですが、少しばかり、操縦席が後ろすぎると思いませんか？」

「そうですね」

「設計の段階で、エンジン部分と、操縦席の間に、二百五十キロ爆弾を、収めるようにしたために、当然、操縦席は後ろに下がってしまいます。この設計図だけでは、たいしたことはないと思うかもしれませんが、実際に操縦席に座ってみると、前方が、ほとんど見えないんですよ。飛び上がってしまえば、いいのですが、離陸する時には、前が見えないので、パイロットは、大変だったみたいですね。操縦席の横から、ひっきりなしに操縦桿《そうじゆうかん》を動かさないと、まっすぐ飛ばせないと、父が、いっていました」

「それでも、中島飛行機では、終戦までに、キ一一五剣を、百五機完成させたとおっしゃいましたね？」

「たしかに、百機を超える、キ一一五剣が完成しました。陸軍としては、一刻も早く、前線の、飛行基地に送って、特攻機として使いたかったんでしょうね」

「しかし、それが、できなかった？」

「そうです」

「私が、調べたところでは、陸軍航空本部や参謀本部は、すぐにも特攻に使いたかったが、検査官の吉岡浩一郎が、テストをして、一機も、合格させなかった。そのため、キ一一五剣は、百五機も作られながら、一機も実戦に使われることがなかったと、聞いたのですが、事実ですか？」

十津川は、確認のために、きいてみた。

「本当の話です。陸軍航空技術研究所から来た吉岡浩一郎という方が厳《きび》しい人で、一機も合格させなかったと、父は、いっていました」

「それだけ、お父さんと、吉岡浩一郎という検査官は、仲が、悪かったんじゃありませんか？」

「最初は、一機も、合格させない吉岡検査官に、父は、腹が立ったといいます。しかし、戦争が終わった時、キ一一五剣で、一人も特攻隊員が死ななかったことで、ほっとして、別れる時、吉岡検査官と、固く握手をして、別れたそうです。吉岡検査官が、合格させなかったおかげで、一人のパイロットも、死なずに済んだんですから」

「なるほど。しかし、分からないことが、あります」

「どんなことですか？」

「昭和二十年の、三月五日に、キ一一五剣の一号機が、完成したわけですね？」

「そうです」

「その一号機も、吉岡検査官は、合格させなかったんでしょう？」

「そうですね。吉岡検査官は、キ一一五剣を、一機も、合格させませんでしたから、当然、二号機も不合格です」

「二号機、三号機、四号機と、吉岡検査官は、その後もずっと、合格させなかった。それなのに、どうして、陸軍航空本部は、百機以上の、注文を出して、中島飛行機に、作らせたんですか？　その点が、どうにも、理解ができないのですが」

「陸軍航空技術研究所からやって来た、吉岡検査官は、次々に、不合格の判定を、下したんですが、陸軍としたら、何とかして、この特攻機を、実用化したかったんです。それで、設計の段階から、中島飛行機に対して、キ一一五剣の大量生産を、命じていたんです。まだ一機の合格もないのにです。結果的に、百機以上のキ一一五剣が、作られたわけですよ」

「かなり強引ですね」

「たしかに、強引ですが、陸軍航空本部の方も、必死だったと思います。何しろ、この特攻機の一号機ができたのは三月で、すでに、アメリカ軍は、沖縄に、上陸を開始しようとしていました。アメリカ軍の沖縄《おきなわ》への上陸は、昭和二十年の、三月末ですから、陸軍としては、一機でも多くの、特攻機が、欲しかったんです。だから、試作の段階で、大量生産を命じ、一気に、百五機ものキ一一五剣を作ってしまったんです」

「しかし、どうして、吉岡検査官は、一機も合格させなかったんでしょうか？　キ一一五剣という飛行機は、そんなに、性能が悪かったんですか？」

十津川が、きいた。

「父の話では、吉岡検査官という人は、操縦の名手でしたが、同時に、物事を、的確に判断する人だった。だから、キ一一五剣に対しても冷静に、飛行機としての性能を見ていたと、いっていました。父は、中島飛行機では、キ一一五剣の、設計チームのボスのような役についていて、その検査や実用テストは、吉岡検査官と、共同してやっていたようです」

「吉岡検査官の検査は、どんなものだったんですか？」

「吉岡検査官は、キ一一五剣が特攻に出撃した場合にどうなるかを、次のように、推定したと、父は、いっていました。百機のキ一一五剣が、特攻に出撃したケースですが、離陸の時に、操縦の難しさから、三十パーセントのキ一一五剣が、離陸事故で破損し、目的地までの、飛行中に、敵戦闘機の要撃で、五十パーセント、さらに、対空砲火で、十五パーセントが失われ、運よく、敵艦に突入できる確率は、わずかに、五パーセントだ。つまり、百機のうち五機にすぎないと、吉岡検査官は、見ていたんです。つまり、キ一一五剣が、百機出撃したとしても、五機しか、敵の艦船に、たどり着けないということです。さらにもう一つ、先ほどいったように、最初、キ一一五剣は、五百キロ爆弾を、積むことになっていたのですが、そんな重い爆弾を積んだのでは、飛行することができなくなってしまうとわかったので、仕方なく、半分の二百五十キロ爆弾に、変更されました。五百キロ爆弾ならば、敵の戦艦や空母に体当たりすれば、かなりの損害を与えることができるが、二百五十キロ爆弾では、戦艦や空母の破壊は、無理で、せいぜい輸送船ぐらいしか、沈められないだろうと、吉岡検査官は、父に、話していたそうです。吉岡検査官の判定によれば、このキ一一五剣という飛行機は、特攻機としての要件を、何も、満たしておらず、全くの、不良品だと、断定されたわけです」

「しかし、全部で、百五機も、作ったわけでしょう？　そんなに作ってしまったのに、陸軍航空本部は、吉岡検査官の判定をきちんと受け入れて、よく、実際の特攻に、使いませんでしたね。百五機も作ったのだから、何とかして、実戦に使おうとすると思うのですが」

と、十津川が、いうと、水沼は、笑って、

「陸軍航空本部は、吉岡検査官が、不合格の判定をしても、特攻機としての使用を、諦《あき》めきれなくて、何とかして、使用しようと、吉岡検査官に、圧力をかけ続けたようです」

「具体的には、どんな、圧力だったんですかね？」

「吉岡検査官が、キ一一五剣は、脚が弱くて、離陸が難しいというと、脚だけ直せと命令する。操縦席が後ろすぎて、離着陸が難しいといえば、操縦席をもっと前にもってこいという。爆弾を抱いて飛び立った場合、ターゲットが、見つからなければ、基地に帰ってこなければならない。その時に、爆弾をどうにかできないかといえば、爆弾を、操縦席で切り離せるように、設計をし直せと命じたりしたそうで、そのたびに、中島飛行機は、徹夜で、設計をし直したり、修理したり、大変だったそうです。

何が何でも、キ一一五剣を、特攻機として、使いたかったからだと思います。しかし、吉岡検査官は、一歩も退《ひ》かず、どんなに圧力がかかっても、合格には、しなかったのです。その点、あの人は、偉かったと、父は、よく、いって、誉《ほ》めて、いましたよ。とにかく、キ一一五剣は、一人の特攻隊員も、死なせなかったんですから」

と、水沼が、いった。

「たしかに、写真の中には、ちゃんとした両脚がついているように見える機体もありますね」

と、十津川が、いった。

「命令で、中島飛行機が、直したんですが、これは重爆撃機の尾輪なんですよ。それをそのまま、持ってきて、キ一一五剣の脚にしたんです。そんなやっつけ仕事が、うまく動くはずがないですよ。吉岡検査官にいわせれば、改良は、全て無駄だったということに、なっているんです」

「しかし、陸軍としては、どうしても、百五機の、キ一一五剣を、特攻に使いたかったわけでしょう？　吉岡検査官の留守に、出撃させようとしたことも、あったんじゃありませんか？」

十津川が、きいた。

「その辺のことは、父から何度も、聞いています。陸軍航空本部は、完成したキ一一五剣を、何とかして、特攻に使おうと考えて、ある時など、分解して、トラックで、九州の特攻基地まで、運んでいったことが、あったそうです。向こうで、こっそり組み立てて、出撃させようとしたんでしょうね。全部で、十五機だったそうです。それでも、吉岡検査官は出撃させなかったといいます。若い特攻隊員の中には、吉岡検査官が眠った隙《すき》に、夜、キ一一五剣に乗り込んで、出撃しようとした者もいたそうです。間一髪で、吉岡検査官が気づき、その特攻隊員を、殴りつけて、出撃を、止《や》めさせたと、父が、いっていました」

「その件ですが、吉岡検査官が、出撃を止めようとして拳銃を撃ち、特攻隊員が一人、亡くなったと、聞いたことが、あるのですが、これは、本当の話なんでしょうか？」

「いや、知りませんね。そういう話は、父から聞いていません」

水沼は、強い口調で、いった。十津川は、そんな水沼に、向かって、

「実は、吉岡検査官が書いた日記が残っていて、私たちは、それを、読んだんですが、その日記の中に、一日だけ、黒く塗り潰《つぶ》されているページが、ありました。昭和二十年四月六日のページです。その日に、何かがあったに違いないのですが、水沼さんは、この日に何があったか、聞いていませんか？」

と、再度、十津川が、きいた。

「申し訳ありませんが、その日のことは、何も知りません。父からも、何も聞いておりませんので」

と、水沼も、繰り返した。

4

この日、十津川と亀井は、太田市内の旅館に、泊まることにした。

夕食を旅館で済ませ、布団に入ったのだが、十津川は、なかなか、眠れなかった。

今日、水沼昭一に、聞いた話が、十津川を、興奮させていたのだ。もう一つ、眠れぬ理由は、強制的に借り受けてきた、吉岡浩一郎の日記帳二冊だった。

目を閉じて、眠ろうとしても、どうしても眠れないので、十津川は、仕方なく、起き上がると、昭和二十年の日記を、もう一度、一月から、順番を追って、目を通していった。

四月六日のページだけが、黒く塗り潰されているのだ。そこには、ひょっとすると、吉岡自身が、起こしてしまった事件が、書いてあったに違いない。

九州の特攻基地で、そこまで、トラックで運ばれてきた、キ一一五剣に対しても、吉岡は、頑《がん》として合格にしなかった。

ところが、特攻隊員の一人が、吉岡の目を盗んで、キ一一五剣で、飛び立とうとしたのである。

吉岡は、まさに飛び立つ寸前のキ一一五剣から、特攻隊員を引きずりおろし、殴りつけた。それでも、特攻隊員は、吉岡の手を振り払って、乗り込もうとする。

その時、吉岡と特攻隊員とが、もみ合いとなり、吉岡が拳銃を撃った。それが、特攻隊員に命中して、彼は、死んでしまった、そのことが、この日記の、四月六日のページに、書いてあったに違いない。

合格を、出していない特攻機キ一一五剣に乗って、出撃しようとする特攻隊員を制止しようとしたにしても、拳銃を撃って、特攻隊員を、死なせてしまったのである。

吉岡は、強い自責の念にとらわれたに違いない。

しかし、その日の日記をなぜ、黒く塗り潰してしまったのか？

戦時中だったとはいえ、殺人は殺人である。そのことで、非難されるのを怖れて、吉岡浩一郎は、その日の、日記のページを、墨で黒く消してしまったのか？

もし、そうだとすると、日記を消してしまうという、姑息《こそく》な手段を取った吉岡浩一郎という人間を、十津川は、軽蔑《けいべつ》するし、許せないと思う。

もし、それが、違う理由だったら、どんなことが、考えられるだろうか？

十津川が、布団の上に、起き上がって吉岡の日記を読んでいると、亀井が、

「眠れませんか？」

と、声をかけてきた。

「すまん。起こしてしまったか？」

「そんなことは、ありません。それより、どうされたんですか？」

「どうしても、この日記の塗り潰されたページのことが、気になってね」

「昭和二十年四月六日ですか？」

「キ一一五剣で出撃しようとした、特攻隊員を、制止しようとして、吉岡が、拳銃を発射した。それが、特攻隊員に命中して、彼を、死なせてしまったのだ。黒く塗り潰されているところは、その日のことが書かれていると思っている。ここを吉岡が、なぜ黒く塗り潰してしまったのか、そのことが、どうしても気になるんだ」

「それは、その日に、起きたことを、なかったことにしようとして、塗り潰してしまったんじゃありませんか？」

と、亀井が、いう。

「たしかに、その可能性がいちばん強いと、私も考えているんだ」

「しかし、吉岡浩一郎という男は、そんな卑怯《ひきょう》な手段で、ごまかそうとする人間じゃないと」

「そうなんだよ。これまでに調べたことや、聞いた話などで、吉岡浩一郎という男はね、かっとしたり、嘘《うそ》をついたりする人間には思えないんだ。だから、なおさら、眠れなくなるんだ」

と、十津川が、いった。

5

十津川は翌日、再び、太田市役所を訪ね、二宮助役に、昨日の礼をいい、水沼昭一に会った時のことを話した後で、

「わがままをいって、申し訳ないのですが、戦時中の、中島飛行機のことや特攻について、あるいは、吉岡浩一郎のことについて、もしほかにも詳しい方がいらっしゃったら、ぜひ、紹介していただきたいのです」

と、頼んだ。

さすがに、今回は、二宮助役からは、なかなか返事がなかった。

「探してみますが、少し、お時間をいただきたい」

二宮は、いってくれたが、その日は別れることになった。

翌日。太田市に来て、三日目である。三日目にもなれば、そろそろ東京に、帰らなければならない。旅館を引き払うことにした時になって、やっと、二宮助役から電話が入った。

「これは、二十年前の話なんですが、市の集会所で、元特攻基地の整備員の方が、講演をしたことがあるんです。名前は、中沢友一《なかざわゆういち》です。当時七十八歳でした。この人に、太田市での講演を頼んだのは、中島飛行機が、キ一一五剣という特攻機を、作っていたからなんです。講演の内容は、忘れてしまいましたが、中島飛行機と、キ一一五剣の話もしたように、覚えています。今、連絡してみたところ、中沢友一さんは、すでに、亡くなっていましたが、娘さんは、健在で、亡くなったお父さんから、特攻の話や、中島飛行機の話を、いろいろと聞いていたというんです。現在、東京に住んでいらっしゃいますが、どうされますか、お会いになりますか？」

と、二宮助役が、きく。

「もちろん、お会いして、話をお聞きしたいですね」

二宮助役が教えてくれたのは、中沢千恵子《ちえこ》という、今年五十五歳になる、中沢友一の娘の名前だった。みんな年齢《とし》をとっているのだ。

「十津川さんのことは、中沢千恵子さんに、簡単に、説明しておきましたから、こちらに連絡してみてください」

と、いって、二宮助役は、東京の現住所と、携帯電話の番号を教えてくれた。

十津川はすぐ、亀井と、東京に向かった。

事件の内容が、少しずつ分かってくると、十津川は、まるで、その事件に、追われるような気分に、なっていた。実際に、追いかけているのは、彼自身なのにである。

中沢千恵子は、巣鴨《すがも》駅の近くのマンションに、一人で住んでいた。現在はフリーのカメラマンとして仕事をしているという。会ってみると、五十五歳という年齢には見えない、いかにも若々しく、カメラマンという感じの女性だった。

十津川は、彼女を近くの喫茶店に誘い、そこで亀井と、コーヒーを、飲みながら、話をしてもらうことにした。

「お父さんの、中沢友一さんは、ご存命だった時、特攻隊の話を、よくしておられたのですか？」

十津川が、きく。

「ええ、よくしてましたね。生前、父は講演を頼まれると、どこにでも、気軽に出かけていっていましたけど、父自身は、特攻隊員というわけじゃなかったんです。戦争には参加していて、当時の父の仕事は、特攻基地の、整備員の班長だったそうです。

ですから、特攻隊員のことは、よく、覚えているといって、私にも、いろいろな話をしてくれました」

と、千恵子が、いう。

「群馬県の太田市にも、お父さんは、講演に行ったことになっているんですが、そのことはご存じですか?」

「もしかしたら、話してくれたかもしれませんけど、私は、よく覚えていません。その頃、私は戦争のことには、あまり興味がありませんでしたから、父が話してくれた特攻の話は覚えていますが、自分とつなげて考えたことはなかったので」

千恵子が、いった。

「戦争中の昭和二十年四月六日に、九州の特攻基地で起きた事件というのをご存じですか? お父さんから、この事件のことを、何か聞いていませんか?」

「どんな事件なんでしょうか?」

「昭和二十年の四月六日。九州の特攻基地に、特攻隊員がいました。その基地には、キ一一五剣という飛行機が、おいてありました。これは特攻の専用機ですが、太田市の中島飛行機で、製造されています。一人の特攻隊員が、その飛行機に乗って、出撃しようとした。基地には、吉岡浩一郎という、飛行機の検査官がいて、キ一一五剣という飛行機は、欠陥機で、それに乗って飛び立っても、途中で無駄死にしてしまう。そう考えた吉岡検査官は、飛ぼうとする特攻隊員を殴りつけて、飛行機から、引きずり下ろしてしまったというのです。それでも、特攻隊員は、出撃しようとして、この特攻機に乗り込もうとした。行かせまいとする吉岡検査官と、特攻隊員がもみ合った。そして、どちらがどうだとは、はっきりしていないのですが、拳銃弾が発射されて、運悪く、その弾《たま》が、特攻隊員に、命中してしまい、死なせてしまったのです。昭和二十年の四月六日に、こうした事件があったというのですが、お父さんから、何かお聞きになっていませんか？」

「いえ、聞いておりませんけど」

と、千恵子が、いう。

「群馬県の太田市に、昔、中島飛行機の大きな工場があったのですが、そのことは、ご存じですか？」

「それは、知っています。太田市には、写真を撮りに、行ったことがあります。でも、戦争中の何とかいう特攻機のことで、行ったんじゃありません。あの町には、ブラジルから日系人の方がたくさん来て、工場で働いていて、一つの町を作っているというので、その様子を撮ろうと思って出かけたんです」

「お父さんから、キ一一五剣という特攻機のことや、中島飛行機のことを、きいたことはありませんか？」

と、十津川が、きき直した。

第六章　事故死

1

少しずつ、十津川の頭の中で、戦争中のエピソードが、一つの事実になっていった。その事実の先で、吉岡浩一郎は、十年前、何者かに殺されたのだ。

その動機らしきものも、少しずつではあるが、わかってきた。これも戦争中の一つのエピソードである。はっきり断定したわけではないが、そのいくつかの、エピソードが、十年前、犯人の動機となって、殺人に発展したに違いない。

吉岡浩一郎は、戦争中、陸軍航空技術研究所の審査部にいて、完成した飛行機の検査をやっていた。当時、現在の群馬県太田市の、中島飛行機では、キ一一五剣という特攻専用の飛行機を、作っていて、その検査を吉岡浩一郎が任されていた。

十津川と亀井は、東京に戻ってから、太田市で集めてきた話を、もう一度、考え直すことになった。

亀井が、いう。

「中島飛行機では、キ一一五剣を、全部で百五機も作ったんでしょう？　その百五機全てに、吉岡浩一郎が、不合格の判定を下してしまったわけですよね？」

「その通りだ」

「百五機もの飛行機を、全て不合格にしてしまうなんて、私からすれば、少しばかり、やりすぎのような気がするのですが」

「たしかに、そうだ。私も、カメさんと同じように、感じるね。何しろ、物資の乏《とぼ》しいあの時期に、百五機もの飛行機を、作ったんだ。それも、デタラメに作ったわけじゃない。設計図を描《えが》き、必要な物資を集めて、必死で作っている。だとしたら、その百五機の中の、せめて一機でも二機でも、どうして、合格の判が、押せなかったのだろうか？　たしかに、厳《きび》しすぎる。だから、特攻隊員の中には、キ一一五剣で特攻しようという人間がいたとしてもおかしくはない。何しろ、自分の目の前に、完成したばかりの飛行機が、何機も並んでいるんだからね。その上、戦局は、日増しに悪くなっている。今こそ、自分が特攻しなくては、と思ったとしても、おかしくはない」

「いったい、どんな理由があって、吉岡浩一郎は、それほどまでに、神経質になって、一機一機、キ一一五剣を検査して、全て、不合格にしてしまったんでしょうか？　レイテ沖決戦から、沖縄決戦になって、戦局は、不利になるばかりだから、多少操縦しにくい特攻機が、あったとしても、敵艦に突撃させたって、いいじゃありませんかね」

「これは、私の勝手な想像だが、陸軍としては、できれば、キ一一五剣で突撃させたかったんだと、思うんだよ」

「当然でしょうね。特攻のために作った専用の飛行機が、百五機も完成しているんですからね。それを使わないのは、あまりに、もったいないですよ」

「それなのに、吉岡浩一郎は、頑《がん》として、受け付けなかった。ただ単に、若い特攻隊員を、いたずらに死なせたくなかったから、全てのキ一一五剣を、不合格にしたとは、思えないんだ。何か、吉岡浩一郎には、絶対に、合格させられないという、強い気持ちがあったんじゃないか。何か理由があって、その気持ちが、固いものになっていった。私には、そんなふうに、感じられるんだ」

「吉岡浩一郎は、もちろん、この、キ一一五剣の検査だけを、やっていたというわけではないと思うんです。特攻に出撃する飛行機は、ほかにも、いろいろとあったわけですから、そちらの検査も、していたのではありませんか？」

十津川が、手帳を取り出した。

「前に、戦時中、特攻に使われた陸軍の飛行機の名前をメモしたんだ。ここに名前が出ているのは、キ一一五剣以外の、飛行機だ。何しろ、キ一一五剣は、一機も特攻機として認められてないからね」

そのメモを、横から、亀井が、覗《のぞ》き込んだ。

「たしか、前に、そのメモを、見せていただいたことがありましたが、たしかに、いろいろな飛行機を、特攻に、使っていますね？」

「いちばん多く使われているのは、一式戦闘機隼だ。この飛行機は、戦闘機としても、使われてきたから、簡単に、検査に合格したんだろう」

「爆撃機も、使われていますね。それに、練習機まで、使っている。九九式高等練習機が書かれていますね。このメモによると、スピードは、四百キロも出ていません。この飛行機自体の性能は、時速三百四十九キロですから、爆弾を積んで、特攻出撃をしたんでしょうね。そうなると、スピードは、さらに遅くなって、途中でアメリカの戦闘機に出会えば、簡単に撃墜されてしまったでしょうね。何しろ、グラマンＦ６Ｆヘルキャットなんかは、時速六百キロですから、絶対に助かりませんよ。それでも、検査に合格させて、九九式高等練習機を、特攻に出撃させているんですね」

「そうなんだ。この練習機は三十五機、特攻機として、出撃している」

「これを全部、吉岡浩一郎が検査をしたわけではないでしょうね？」

「私が聞いたところでは、吉岡浩一郎ともう一人、鈴木《すずき》という検査官が、出撃する特攻機の最終検査をしたことになっている」

「そうなると、ますます、吉岡浩一郎の気持ちが、分からなくなってきますね。三十五機が出撃した九九式高等練習機なんかは、今もいったように、スピードが極端に遅いですから、アメリカの戦闘機に捕まったら最後、絶対に、助かりませんよ。アメリカの艦船に突入する前に、間違いなく、落とされてしまいます。それでも、吉岡浩一郎は、検査の結果、この練習機を、合格にしているわけでしょう？」

「カメさんがいうように、この、スピードの遅い練習機で、爆弾を積んで出撃していっても、百パーセント、特攻を果たす前に途中で撃ち落とされてしまうだろう。そうなると、吉岡浩一郎は、特攻隊員たちを無駄死にさせたくなくて、キ一一五剣を全機、不合格にしたわけじゃないんだ」

「そうですね」

「何かが、あったんだよ。だから、吉岡浩一郎は、意地でもキ一一五剣を合格にはしたくなかったんだ。何とかして、その理由を知りたいな。たぶんそれが、十年前に、吉岡浩一郎が殺された理由に、なっている感じがするからだ」

しかし、死んだ人たちは、もう、何も、しゃべってはくれない。

そこで、十津川は、特攻についての本を出した、著者に会いに行くことにした。

その人も、すでに九十四歳である。早く会わなければ、彼の話を聞くことも、できなくなってしまうだろう。

名前は桐山弘幸《きりやまひろゆき》といった。彼はもともと、大手新聞の記者で、戦争中、特派員として、九州の特攻基地で取材をしたことがあるという経歴の持ち主である。現在は、東京都内の老人ホームに、一人で、入居していた。

足が不自由だというが、ありがたいことに、頭のほうは、今でも、はっきりとしていて、昔のことをよく覚えていた。

ところが、最初、桐山弘幸は、訪ねていった十津川と亀井に向かって、

「もう、特攻については、何も話したくない。できれば、そっとしておいて、ほしいね」

と、いきなり、拒否した。それでも、十津川たちと、話し合っているうちに、桐山は、頭に残っている特攻について、熱を持って話し出した。彼の心の中には、どこか

で、特攻について、次の世代に残しておきたいという気持ちが、あるのだろう。

「私は主に、陸軍の、特攻基地ばかりを回って取材していたんだが、それでも、構わないかね？」

と、桐山が、いう。

「構いません。むしろ、そのほうが、ありがたいくらいです。実は、陸軍の航空技術研究所に、吉岡浩一郎さんという検査官がいて、私たちは今、その人のことを、調べていますから」

と、十津川が、いった。

「ああ、吉岡浩一郎か。彼なら、よく、知っているが、十年も前に、死んでいるはずだよ」

「今、私がいちばん知りたいのは、吉岡浩一郎さんと、陸軍が特攻機として作ったキ一一五剣の関係なんです。先日、中島飛行機の工場のあった太田市に、行ってきたんですが、問題の特攻機は、全部で、百五機も作られていました。それなのに、検査官の吉岡浩一郎さんは、その百五機を一機も合格させなかった。どうして、一機も合格させなかったのか。私は、その理由が知りたいんです」

と、十津川が、いった。

「たしかに、その話は、特攻の話になると必ず出てくる、有名な話なんだ。美談としては、吉岡浩一郎が、若い特攻隊員を死なせたくなくて、一機も合格させなかったという話になる。だから、少なくとも、百五人の特攻隊員が、死ななくて済んだという美談になっている。今でも、そう、信じている人もいるようだ。しかし、私は、吉岡浩一郎が、キ一一五剣を、合格させなかったのは、それだけではないと、思っている」

「そうなんですよ。私も、そうした、美談だけではない、何か、別の理由が、あったのではないかと、思っているんです。それに、ある特攻隊員が、吉岡さんが合格させなかったキ一一五剣に乗って、無理やり、出撃しようとして、それを止めようとした吉岡浩一郎さんと、モメて、結局、その特攻隊員は、亡くなってしまっています。この話にも、どこか微妙なところが見えるんですよ」

「その話なら、私も、聞いたことがある。もう一ついいたいのは、吉岡浩一郎は、反戦主義者でもなかったし、特攻に対して、全く反対していたというわけでもなかった。現に、吉岡が、合格させた飛行機が、特攻で、出撃しているからね」

「それは、私も調べました。その中には、練習機も、入っていました」

「九九式高等練習機だろう？」

「そうです」

「たしか、三十五機も、出撃していたはずだ。あんな、スピードの遅い練習機に、爆弾を積んで、突撃させたって、ほとんど失敗したんじゃないだろうか？　昭和二十年になると、アメリカ側も、厳重な警戒態勢を敷いているから、日本の特攻も、なかなかうまくいかなかったはずだ。艦船の上空には、絶えず、グラマンＦ６Ｆが飛んでいたというからね。特に、あんな性能の悪い練習機では、まず無理だろう。目標の敵艦に、たどり着く前に、間違いなく、アメリカの戦闘機に、撃墜されてしまうからな。それでも、吉岡浩一郎は合格にしている。だから、特攻隊員を死なせたくなくて、キ一一五剣を、不合格にしたというわけではないんだ」

「そうです。だから、われわれは、吉岡浩一郎さんに、何かがあったんだと、思っているんです。どう考えても、キ一一五剣を、わざと、不合格にしているとしか、思えないんです。何しろ、キ一一五剣の一号機が、完成したのは、昭和二十年の三月ですから、レイテ沖決戦にも敗北して、沖縄に、アメリカ軍が、上陸してこようとしていた頃です」

「そうだよ。それまでは、海軍の関《せき》大尉のような、優秀なパイロットが、当時としては、まだ性能の優《すぐ》れているゼロ戦に、爆弾を積んで特攻している。だから、成功しているんだが、その後、本土決戦に備えて、優秀なパイロットには、特攻をさせずに、飛行時間わずか百時間という即席の見習士官を、特攻隊員として使うことになった。しかしね、特攻というのは、ただ単に、敵艦に、体当たりすればいいだけだから、簡単だと考えるかもしれないが、実は、非常に難しいんだよ。関大尉のようなベテランのパイロットであれば、自分の操縦する飛行機を、効果的に、相手の船にぶつけることができるが、わずか、百時間程度の飛行訓練しか受けていない見習士官では、相手の船に、ぶつけること自体が、難しいんだ。飛行機は、翼があるから、いくらまっすぐ突っ込んでいっても、自然に浮き上がってしまう。だから、操縦桿《そうじゅうかん》をぐっと押さえつけていないと、体当たりできないんだ。それに、飛行時間百時間の見習士官では、突っ込んでいく時に、どうしても、恐怖心から目を閉じてしまう。そうなると、標的にはぶつけられずに、海中に突入してしまうことになるんだ。さらに、どうせぶつけるんだから、性能のいい飛行機は、本土決戦のために、取っておけということで、海軍も陸軍も、特攻専用の飛行機を作った。とにかく、ほかの性能なんかどうでもいい。まっすぐ飛んで、爆弾を抱いて、敵艦に、体当たりできればいい。だから、飛行性能も悪かったし、操縦の難しい飛行機が、できてしまった。それがキ一一五剣だ。それでも、陸軍の上層部は、キ一一五剣を大量に作って、特攻に使おうとしたんだ」

「吉岡浩一郎さんは、それに反対したわけですから、上層部からは相当、批判されたんじゃありませんか？」

「その通りだ。いい加減にしろ、もっと審査を甘くして、合格させろといわれたことも、あったらしい。参謀本部の人間は、実戦の経験はゼロだから、まっすぐ飛べればいい、まっすぐ飛んで、ぶつかれば、帰ってこないわけだから、帰るための、さまざまな機械などは、必要ないと。当然、吉岡浩一郎とはケンカになる。吉岡のほうは意地になって、何が何でも、合格させなかった感じさえするんだよ。だから、君が、その間に、何かあったのではないかと、考えるのは正しいと思っている」

「その何かが、いったい、どういうことだったのか、それが分かる方法は、ありませんかね？」

と、十津川が、いった。

「いや、今のところは、私にも分からない。調べておくから、そうだな、一週間後に、また、訪ねて来なさい」

と、桐山が、いった。

「ほかにも、いろいろと、お伺《うかが》いしたいことがあるんです」

と、今度は、亀井が、いった。

「何かね？　私に分かっていることなら、何でも教えるが。私としても、今までに自分が調べたことは、全部、残しておきたいのだ。もちろん、戦争もイヤだが、特攻もイヤだからな」

と、桐山が、いった。

「九州の特攻基地で、吉岡浩一郎さんが、事件を起こしています。陸軍は、でき上がった、キ一一五剣を分解して、トラックや船で、九州の特攻基地に、こっそり運んで、特攻をやろうとした。その時、吉岡浩一郎さんは、検査官として、特攻基地に乗り込んできて、出撃を阻止《そし》しました。そして、ある時、内緒でキ一一五剣に乗り組んで、飛び立とうとしている特攻隊員を見つけて、それを止めました。ところが、特攻隊員は抵抗し、吉岡さんと、取っ組み合いの争いとなりました。はずみかどうか、はっきりしませんが、拳銃弾が発射され、その特攻隊員に命中して、死んでしまった、というのです。もちろん、吉岡さんに殺意があったとは、思えません。しかし、このことが、十年前の殺人事件と、関係があるのではないか？　われわれは、そう思って、この事件を、調べてみたんです。しかし、この事件は、当時は、内密だったようで、亡くなった特攻隊員の名前は、どうにか突き止めましたが、事件そのものは、霧の中です。この事件について、桐山さんは、どう思われますか？」

「あれは、陸軍が、でき上がったキ一一五剣を、たしか、十五機くらいだったと思っているが、九州の特攻基地の、滑走路に並べたんだ。吉岡が検査合格といったら、若い特攻隊員たちが、乗り込んで、沖縄に向けて出撃する。そういう予定になっていたんだ。ところが、吉岡は頑《かたく》なに、一機たりとも、合格にしなかった。おそらく、そのことに、反発したんだろうね。特攻隊員の一人が、夜半に、滑走路に並んでいるキ一一五剣に、乗り込んで、黙って出撃しようとした。それを知って、吉岡が、その特攻隊員を、操縦席から引きずりおろしたんだ。だが、若い方は、血気にはやって、何とか出撃しようと、吉岡を殴りつけた。吉岡が倒れているうちに、もう一度、キ一一五剣に乗り込もうとした。吉岡は、それを阻止しようとしたのだが、間に合いそうになかったので、拳銃を撃った。もちろん、威嚇《いかく》のためだろう。ところが、その弾《たま》が運悪く、特攻隊員に、命中してしまった。そして、彼は死んでしまった。スキャンダルだよ。だから、内密に、処理した。そういう話だと、私は承知している」

「しかし、その件で、吉岡浩一郎さんが、処分されたようなことはなかったみたいですね？」

「当時、陸軍の航空技術研究所で、新しい飛行機の検査をする検査官は少なかった。

私が聞いていた限りでも、吉岡のほかに一人いるだけだった。だから、今後の業務のことを考えると、吉岡浩一郎を処罰するわけにはいかなかったんだろう。それに、吉岡は、特攻隊員を殺そうとして、撃ったわけではない。あくまでも、あれは事故だ。それもあって、不問にされたんだと思う」

「その後、製作された百五機のキ一一五剣は、日本占領にやって来た、アメリカ軍によって、ガソリンでことごとく、燃やされたと聞いています。本当に、現在、一機も残っていないんでしょうか？」

と、亀井がきいた。

「ああ、一機も残っていない。したがって、文字通り、幻の特攻機だよ。いや、特殊攻撃機だ」

「桐山さんは、そのキ一一五剣に乗られたことが、あるのですか？」

「九州の特攻基地に取材に行った時、操縦席に、座らせてもらったことはあるが、実際に飛んだことはないよ」

「かなり雑に作られた、飛行機だということですが」

「たしかに、お粗末な飛行機だったよ。今から思うと、あんな飛行機で飛ぶのは、怖いね。飛行時間の多いベテランのパイロットでも、あの飛行機をまっすぐ飛ばすのは、難しいといっていたから、相当に、厄介《やっかい》な飛行機だったんだ。しかし、昭和二十年の三月頃には、あんなお粗末な特攻機でも、出撃させようと、上層部は真面目に考えていた。とにかく、爆弾を積んで、体当たりすれば、いいんだからね」

「私も太田市に行って、中島飛行機で昔働いていたという人の息子さんから、この飛行機について、話を聞きました。資材が、不足していた頃だったのに、かなりのスピードで、どんどん作っていったようですね」

「そりゃそうさ。要するに、短時間で、簡単に作れるように、設計されたんだからね。ほかの戦闘機や爆撃機なら、一機作るのに、かなりの、時間がかかるが、あのキ一一五剣という飛行機は、とにかく飛び上がって、まっすぐ、飛びさえすればいい。もともと、それだけの、要求しか出されていないから、作るのは、簡単だったんだろう。だから、いっきに、百五機も作ってしまったんだ。しかし、後から考えれば、完全に、無駄な出費と労力だったよ。百五機も作っておきながら、結局、実戦には、一機も使われなかったんだからね」

桐山が、苦い笑い方をした。

「操縦が難しいし、機銃も、積んでいないわけだから、アメリカの戦闘機に、発見されたら、必ず撃墜されてしまう。それが分かっていながら、特攻隊員の中には、その飛行機で、出撃しようとした人がいたわけですね。怖くはなかったんでしょうか?」

と、十津川が、きいた。

「狂気だよ、狂気が支配していたんだ。それ以外の説明のしようがない」

「狂気ですか?」

「ああ、そうだ。そう思わなければ、説明がつかない。若いといっても、全員が十八歳以上で、子供じゃない。少なくとも、考える力は、備《そな》わっている年齢だ。それでもなお、あんなお粗末な性能の飛行機で、強力なアメリカの艦船と、刺し違えようとしていた。これは当時、吉岡浩一郎が、数字に出しているんだが、キ一一五剣が、アメリカの艦船に体当たりできる確率は、どのくらいだと思う? 五パーセントだよ。百機出撃しても、たったの五機だけだ。それも、体当たりして、敵の艦船を、必ず撃沈する保証は、どこにもないんだ。だが、それでも、キ一一五剣に乗って、突っ込もうとした若者がいた。今の時代では、考えられないかもしれないが、実際にいたんだよ。だから、私は、若者たちを、突き動かしたのは、狂気だと思っている」

「結果として、特攻隊員を、射殺した、吉岡浩一郎さんの行為は、正当なものだったと、桐山さんは、思われますか?」

と、十津川が、きくと、桐山は、笑って、

「訊問《じんもん》みたいだな。それに答えるのは、難しいよ。今と時代が、全く違うからね。当時の特攻隊員、あるいは、吉岡浩一郎の気持ちには、絶対に、なれない。だから、今の気持ちで答えるより、仕方がないんだが、吉岡は、絶対にその特攻隊員を、キ一一五剣に乗せまいとして、とっさに、拳銃を撃ったんだ。そうとしか、考えられない。特攻隊員のほうは、明らかに命令違反をしているんだから、弾丸が命中して、死んだとしても、文句はいえないとも考えられる」

「私は、刑事ですから、職業柄、どうしても、物事を、細かく考えてしまうんですよ。これはあくまでも、『福岡新報』の記者や中島飛行機で働いていた人の息子が、話してくれたことですが、特攻隊員は、滑走路に置かれたキ一一五剣の一機に、潜り込んで、密《ひそ》かに、出撃しようとした。それに気づいた、吉岡浩一郎さんが、彼を操縦席から引きずりおろした。特攻隊員は、カッとして、吉岡さんを殴りつけた。吉岡さんが倒れている隙《すき》に、もう一度、キ一一五剣に、乗り込もうとした。吉岡さんは、何とか行かせまいとして、とっさに持っていた拳銃を撃った。もちろん、傷つけるためではない。脅《おど》しのためでしょう。それが、運悪く、特攻隊員に命中して、死んでしまった。吉岡さんは、いきなり、拳銃で、撃ったわけではないと思うんです。おそらく、大声で、操縦席から、すぐに降りろとか、命令したんだと思いますね。だが、相手は降りようとしなかった。だから、撃った。こういう順番になると思うんですが、どうでしょうか？」

「たしかに、そうとも考えられるね」

「その弾丸が、特攻隊員に命中して、死んだというのが、どうにも、納得できないんです」

「どうしてだね？　吉岡は、その特攻隊員を狙《ねら》って撃ったわけじゃあるまい。おそらく、弾がそれて、特攻隊員に、命中したんだ。だから、お互いにとって、不運だったというしかない。当時の陸軍の中でも、吉岡の処分には困ったと思うね。故意に死なせたわけではないし、検査官は、どうしても、必要だ。だから、吉岡はそのまま特攻基地で、あるいは、中島飛行機の工場で、検査官を続けていたと、思っている」

「亡くなった、特攻隊員の家族は、この事故のことを、どう、思っていたのでしょうか？」

と、亀井が、きいた。

「何といっても、戦争中のことだからね。遺族には、立派に、特別攻撃の任務を果たして死んだと、知らせただけで、詳しいことは、話さなかったんだろう。たしか、二階級特進して、軍神として、祀《まつ》られたはずだ」

「ええ。郷里の佐渡では、今も墓石に、軍神の文字が、刻まれているようです」

十津川が、答えた。

「だから、戦後になるまで、この件について、問題は起きなかった。戦後になってからは、逆に、ウワサが、流れてね。中には、デタラメなウワサもあった。ひどいものになると、吉岡浩一郎が、特攻隊員に、焼きもちを焼き、偶然に見せかけて殺したんだというものまであった。何でも、基地の近くの旅館の娘が、その特攻隊員に、ホレたことに、吉岡が、嫉妬《しっと》したというんだ。それで、拳銃を撃って、殺したんじゃないかという、そんなひどいウワサまで、流れたからね。しかし、戦後になって、亡くなった若者の家族には、本当のことを話したと、私は、聞いている。特攻基地の司令官が、家族に会って、話をしたらしいんだ。それで、家族は納得したと。問題は、死者の家族よりも、吉岡浩一郎のほうに、心の傷が残ったんじゃないのかね？」

と、桐山が、いった。

「桐山さんは、吉岡さん本人に、会われたことが、あるのですか？」

「いや、会おうとした時には、すでに、亡くなっていた。だから、実際に、彼に会ったことは、一度もない。亡くなったことを、知った時は、もっと早く会って、話を聞きたかったと、悔やんだのを覚えている」

「たしかに、戦後になっても、この事件が、吉岡浩一郎さんの重荷になっていたのは、間違いないと思うんです。事件があった昭和二十年四月六日の日記が、真っ黒に、塗り潰《つぶ》されていましたから。それに、年に一回、吉岡さんは、理由は分かりませんが、必ず東京に行っています。そして、十年前に東京に行った時、吉岡さんは、何者かに、殺されているのです。つまり、毎年、彼は、東京で、誰かに会っていたんです。その相手が犯人ではないかと、われわれは考えています」

と、十津川が、いった。

2

一週間経《た》って、十津川は、今度は、亀井を連れずに、一人だけで、桐山弘幸に、会いに出かけた。

桐山は、十津川を迎えて、

「申し訳ないが、君の全部の質問には、答えは見つからなかった。一つだけだが、答えらしきものが、見つかったので、用意しておいたよ。どうして、吉岡浩一郎が、あんなに厳しく検査をして、キ一一五剣を、一機も合格させなかったのか、その理由らしきものが分かったんだ」

「本当ですか？　それだけでも、分かったのなら、大助かりです。理由は、いったい何だったんですか？」

桐山は、一枚の古びた写真入りの雑誌記事を、取り出して、十津川の前に、置いた。

そこには、陸軍の若い航空士官が、写っていた。

「この写真の士官は、陸軍大尉で、新撰組《しんせんぐみ》という名前の特攻隊に、所属していて、沖縄決戦の時に出撃している」

「そのことと、吉岡浩一郎さんは、何か、関係があるわけですか？」

「この陸軍大尉は、先日、問題にした九九式高等練習機で、出撃して、敵の艦船に突っ込んでいるんだ。今まで使われなかった練習機なので、吉岡浩一郎は、自分が乗って、検査をしたといわれている。そして、合格にした。その後で吉岡は、この飛行機に乗ることになった、写真の特攻隊員に、会っているんだ。その時、吉岡は、何か思い残すことは、ありませんかと、きいたらしい。すると、写真の士官は、こう、答えているんだ。特攻で死ぬことに、何の文句もありません。私は、日本が戦争をしている時に、生まれたのですから、お国のために、死んでいくのは、当然のことと思っています。ただ、自分のほうから、敵の艦船に体当たりしていくのですから、できれば、華《はな》やかに、死んでいきたい。戦国時代の、若武者のように、緋縅《ひおどし》の鎧《よろい》で、強い馬にまたがり、日本一の槍《やり》を持って、敵艦に突撃し、華やかに、死んでいきたいんですよ。できれば、日本の最高の、飛行機に乗り、敵にぶつかっていきたい。それなのに、私が乗る飛行機は、ヨタヨタの老いたる馬です。それだけが、心残りですと、吉岡浩一郎は、いわれたと、雑誌には、書いてあった。それまで吉岡は、どうせ敵艦に突っ込んで、死んでしまうのだから、どんな飛行機でもいいだろうと思っていたらしいのだ。また、最新の、飛行機は、本土決戦に備えて、取っておかなくては、いけないから、練習機でも仕方ないと考えていたらしい。ところが、死んでいく特攻隊員は、そうは思っていないことに気づかされたというのだ。特攻隊員は、どうせ死ぬのならば、どんな飛行機でもいいとは、思っていなかった。最新の飛行機で、最新の武器を携《たずさ》えて、華やかに死にたい。それが、唯一の、願いだと知って、吉岡浩一郎は愕《がく》然《ぜん》としたと、雑誌に書いている。死んでいく人は、華やかに死にたいのだ。スピードの遅い、ノロノロとしか飛ばない旧式の練習機などでは、死にたくないのだ。それなのに、自分は、性能の劣《おと》る駄馬《だば》のような練習機に、合格の判を、平気で押してしまった。そのことに私は愕然とし悔やんだと、吉岡は書いている」

「それで、自然に、特攻専門の飛行機、キ一一五剣の検査が、厳しくなってしまったというわけですね？」

「たぶんね。先日も君に話したが、私もキ一一五剣の操縦席に座ったり、あるいは、その性能について、専門家から聞いたことがある。あれは、とにかく、酷《ひど》い飛行機だ。例《たと》えば、隼やゼロ戦がスポーツカーだとすれば、あの特攻機は、まるでトラックだ。それも、オンボロで、ガタガタのトラックだな。出撃して敵の戦闘機が現れたら、それを撃ち落としてから、敵艦に、体当たりしたい。そう思ったって、最初から、機銃がついていないんだから、戦うことすらできない。華やかさとは、全く正反対の飛行機だ。おそらく、あの練習機に乗った特攻隊員は、誰もが、何で、こんな飛行機で敵艦に体当たりしなくてはいけないのかと、思ったことだろう。それが、唯一《ゆいいつ》の、悔しさではなかったのか？　そこで、吉岡は、キ一一五剣のような、オンボロの飛行機は、全部不合格にしていったのではないか？　若い、紅顔《こうがん》の特攻隊員を、乗せるには、こんな練習機ではダメだ。特攻の専門機では、ダメだと、思い続けたんじゃないのかな？　だから、どうしても、キ一一五剣は、合格させなかった」

「そういうことだったのかも、しれませんね」

「戦後、吉岡浩一郎は、国鉄に入って、さらにJR東日本に移って、北陸新幹線の基礎研究に携わっていたと聞いたんだが」

「その通りです。まもなく、北陸新幹線が走りますが、その車輛《しゃりょう》の設計・製造にも関係していたといわれます」

十津川は、用意してきた北陸新幹線の、新しい車輛の写真を数枚、桐山に見せた。

「これが、吉岡浩一郎が、研究していた新幹線か？」

「そうです。彼は、最新で、最高の列車の、研究をしていたんです。ですから、その時にはいつも、さっき、桐山さんが見せてくれた写真に写っていた特攻士官の言葉が、頭の中にあったんじゃありませんか。最高の列車に、お客を乗せたいという」

「なるほどね」

と、桐山は、うなずいてから、

「事件の捜査は、少しは、進んだのかね？」

「残念ながら、吉岡浩一郎さんを殺した容疑者は、一人も、浮かんでおりません」

「何しろ、十年前の、事件だから、犯人を探すのも、大変だろうね」

「ここに来て、少しだけですが、楽観するようになっています」

と、十津川が、いった。

「どうしてかね？　まだ、容疑者の一人も浮かんでいないんだろう？」

「そうですが、まもなく、北陸新幹線が開業します。その時には、その基礎を作った、技術者として、吉岡浩一郎さんの名前も、マスコミが、取り上げることになりました」

「それは嬉《うれ》しいことだね」

「その記事を、おそらく、吉岡さんを殺した犯人も、見るはずです。その結果、犯人が自首してくるのではないかと、期待しているのです」

「そんなに簡単に、事が運ぶものかね？　何といっても、十年間、逃げ回っていた、犯人なんだろう？　それでも、自首してくると、思っているのか？」

「そんな気が、しているのです」

と、十津川は、言葉を続けて、

「当然、吉岡浩一郎さんのエピソードも、いろいろと、新聞には載《の》るはずです。その時までに、事件を起こした時の、吉岡浩一郎さんの気持ちが分かって、新聞に載ることになれば、必ず自首してきます。私は、そう確信しています。そこで、改めて、桐山さんに、お願いがあるんですよ」

「しかし、私は、足がもうダメだし、いくら、君に頼まれても、歩き回るわけにはいかないよ」

と、桐山が、いった。

「桐山さんが書いた『特攻』という本がありますね？」

「それが、何か――？」

「本の後ろのほうに、参考資料や協力者の名前が、ズラリと、並んでいます。その中に、もし、現在生きている方がいれば、会って話を聞きたいのです。そこで、印をつけてくれませんか？ 今も、生きている人の名前にです」

「そのくらいのことならできるが、この本を書いた後、消息が、分からなくなってしまった人もいるからね。生存しているか、亡くなっているか、分からない人もいる。それでも、構わないかね？」

「それでも構いません」

「分かった。明日までに、印をつけておこう」

と、桐山は、約束した。

ところが、翌日、十津川が、電話をすると、桐山の息子が、電話に出て、昨夜、急に、桐山が、亡くなったと、知らされた。

「しかし」

と、息子が、つけ加えた。

「十津川さんに、渡してくれといって、本を渡されていますから、これから、郵便でお出しします」

3

間違いなく、本は、送られてきた。その本の、最後のページには、いくつか、印が、つけられていた。

そこに書いてある、話を聞いた人たちの名前の、半分以上に、亡くなっていることを知らせる、印がついていた。

十津川が、どうしても、会いたい相手は、問題の事件が起きた四月六日、その時に、現場にいた人たちの、話である。その人たちの名前には、生存の印がついている人もいたが、桐山の例もある。こちらが、会いたいと思っているうちに、亡くなってしまうかもしれない。

そこで、十津川は、部下の刑事を、総動員することにした。十津川が一人一人に会っている間に、亡くなる恐れも、あったからである。

だから、一斉に訪ねていき、事件についてのことだけでも、何か話をきいてくるよ

うに と、十津川は、命令を出した。

九州の特攻基地で、当時、整備の仕事をやっていた人がいた。今も九州に住んでいるというので、十津川は亀井と二人、急遽《きゆうきよ》、羽田《はねだ》から、飛行機に乗った。

その人の名前は、小松崎勝之《こまつざきかつゆき》、八十九歳である。勝之、と名づけられているところを見ると、いかにも、戦争の時代に生まれた子供という感じがする。

生まれは、東北ということだったが、戦争中のことが忘れられずに、以前、陸軍の、特攻基地があった近くに、今も住んでいるという。

小松崎勝之は、一人で、農業をやっていた。

十津川が訪ねていくと、小松崎は、

「ここから、特攻基地があった場所が、見えるんですよ。毎日、朝起きると、そちらのほうを見るんです。そうすると、何となく、落ち着くんですよ」

と、いった。

十津川たちが、訪ねていったのが、十一時過ぎだったので、小松崎は、自分の畑で作った野菜を使った、少し早目の、昼食を出してくれた。それを食べながらの話になった。

「昭和二十年四月六日に、起きた事件のことを、おききしたいのですよ。覚えていらっしゃいますか?」

十津川が、きくと、小松崎は、

「あの事件のことは、今でも、はっきりと、覚えていますが、それについて、批判的なことは、いいたくないんです」

「それは、よく分かります。ただ、私としては、正確な事実を、知りたいのです。四月六日に、何があったのかを、確認したいのです。吉岡浩一郎さんの日記を、見せてもらったのですが、四月六日のページは、黒く、塗り潰してありました。ですから、彼は、その日のことを、忘れようとしていたのかも、しれません」

と、十津川が、いった。

小松崎は、陸軍の特攻基地が、使われている頃の写真を、今も、何枚か持っていた。その中には、滑走路に並ぶキ一一五剣の写真も、あった。ズラリと十五機くらいが、並んでいるのだ。

「問題は、この飛行機です」

「ええ、これなら、知っています。キ一一五剣でしょう?」

「その通りです。中島飛行機では、この飛行機を大量に作っていました。しかし、吉岡さんは、一機も合格にしなかったので、陸軍の上層部は、だんだん腹を立ててきて、吉岡さんには内緒で、キ一一五剣を分解し、トラックや船を使って、九州の特攻基地に運んだんです。それを再び組み立て直して、滑走路に並べたんですよ。何とか出撃させようとしたんです」

「それで？」

「それでも、吉岡さんは、飛ばすのに反対しました。ええ、そうなんです。この写真を見てください。ズラリと並んでいるところを、見ると、いかにも、飛び立ちそうに、見えるじゃありませんか？　若い特攻隊員の中には、これを見て、どうして、飛んではいけないのかと、吉岡さんに食ってかかった人もいたといわれます。無理やり、私たちに、整備させてガソリンを入れ、二百五十キロ爆弾を積んで、飛び立とうとする、特攻隊員もいたんです。亡くなったのは、その中の一人です」

と、小松崎が、いう。

「その頃の基地の空気は、どうだったんですか？」

「二つに、分かれていましたね。滑走路に、十数機も、特攻機が並んでいる。それなのに、どうして、出撃させてくれないんだと、息巻いている特攻隊員もいたし、反対に、出撃しなくて、ホッとしている隊員もいましたよ。誰も、死にたくなんか、ありませんから、ホッとする隊員の気持ちも、分かるんです」

「四月六日に、特攻隊員が、キ一一五剣に乗って、出撃しようとしましたね？」

「ええ、そうです。吉岡さんは、不合格の飛行機で、出撃はさせまいと、ガソリンは、入れておかなかったんです。ところが、特攻隊員の中で、もっとも威勢のいいのが、密かに、ガソリンを入れ、二百五十キロ爆弾も積み込んで、出撃しようとしたんです。それを見つけて、吉岡さんは、その特攻隊員を、飛行機から引きずりおろしたんです。無駄に死ぬなと叫んでいたんじゃないですか。それに対して、特攻隊員が、無駄死になんかじゃない。敵艦と刺し違えて、死ぬんだと、怒鳴り返しているのを、覚えています」

「そのあとは？」

「特攻隊員は、それでも、吉岡さんを殴りつけて、もう一度、操縦席に這《は》い上がろうとした、ということだった。そして、悲劇が起こった」

「特攻隊員を止めようと、吉岡浩一郎さんが拳銃を撃った。そう聞いているんですが、そこがどうにも、分からないんですよ。とっさに、拳銃を撃ったというのは、余《よ》程《ほど》のことだと思いますが、吉岡浩一郎さんは、本当に、拳銃を撃ったんですか？」

「撃ちましたよ。私が、現場に駆けつけた時に銃声がしましたから。それに、吉岡さんは、自分の拳銃を、手にしていた。間違いありません」

「操縦席に上ろうとした、特攻隊員を、直接狙ったんですか？」

亀井が、きいた。

小松崎は、激しく首を横に振って、

「そんなことを、するはずはないでしょう。それでは、殺人ですよ。日頃から、特攻隊員を可愛がっていた吉岡さんが、撃つなんてことを、するはずがありません」

「でも、撃ったんでしょう？」

「何とかして、あの飛行機を、飛ばすまいと思って撃ったんです」

「その場合、どこを撃てば、いちばん効果があるんですか？」

「エンジンですよ。だから、吉岡さんは、あの時、エンジンを狙って、撃ったんです」

と、小松崎が、いう。

「エンジンですか？」

「エンジンが、止まれば、キ一一五剣は飛べません」

「しかし、少しばかりおかしいじゃありませんか？　ここに、キ一一五剣の写真がありますが、この飛行機はエンジンと操縦席の間が、離れています」

「そうですよ。その間に、大きな爆弾が入りますから、自然に操縦席は後ろのほうになってしまうんです」

「そうだとすると、余計におかしいじゃありませんか？　吉岡浩一郎さんは、エンジンを狙って撃ったわけでしょう？　しかし、そのエンジンと、操縦席は、かなり、離れています。それなのに、操縦席に上ろうとした、特攻隊員に、どうして、その弾丸が当たって、亡くなるんですか？」

「そうです。十津川さんがおっしゃる通りです。普通なら当たりません。当たるはずがないのです」

「それでは、どうして、特攻隊員に、当たったんですか？」

「あの時、特攻隊員は、頭の中が、出撃することで、いっぱいだったんでしょうね。しかし、エンジンが、壊されてしまったら、出撃できない。それで、操縦席に入るのを止めて、エンジンを、守ろうとしたんじゃありませんかね。エンジンの前に立って手を広げて、撃つなといおうとしたのだと、思います。彼が、突然、エンジンのほうに、走ってきたので、吉岡浩一郎の撃った弾丸が、特攻隊員に、当たってしまった。そして、亡くなった。あの事件は、そういうことだったのではないかと、思うんです。その場にいた人たちは、全員が、そう見たと思います」

「小松崎さんも、そう見ましたか？」

「そうです。吉岡さんは、あの時、特攻隊員を撃ったんじゃありません。特攻機のエンジンを撃ったんですよ。吉岡さんの人柄や、日頃の言動を見ていれば、それ以外の可能性は、考えられません。誤射だったんです。私は、断言できます」

と、小松崎が、いった。

第七章　終章を捧《ささ》げる

1

吉岡浩一郎は、十年前の八十七歳の時、東京で、何者かによって、殺された。

吉岡は、一人で、東京に行き、都心のKホテルに泊まっていた。翌日、ホテルを昼すぎに出発しているが、夜になっても戻らず、都心から遠く離れた青梅の山中で、無残な死体となって、発見された。

死亡推定日時は三月十日、そして、胸を刺された死体となって発見されたのは三月の十二日である。

前日の三月九日、吉岡浩一郎は、誰かに会いに、東京に行ったと思われる。いったい何のために、誰に会いに行ったのか？

十津川たちは、死亡した三月十日以前の、吉岡浩一郎の行動を、もう一度、一から調べ直した。東京に行く前に、吉岡が、どこで、何をしていたのかを、知ろうとしたのである。

その頃、吉岡は、何度か東京に行っている。当時、高校生だった、孫娘のめぐみに会いに来ていたというが、本当の目的は、誰かに会いたくて、行方を探していたのではないだろうか。十津川は、そう考えた。やっと見つかって、十年前の三月九日、その人間に会いに、東京に向かった。Kホテルに泊まり、その日に会ったのか、翌十日に会ったのかは分からないが、吉岡は、殺されてしまった。

しかし、十津川や彼の部下たちが、いくら調べても、吉岡が、誰に、何のために会おうとしていたのか、分からなかった。

いったい誰が、もうすぐ、九十歳になろうかという、吉岡浩一郎を殺したのか？

八十七歳という高齢で、放っておいても、まもなく天寿《てんじゆ》を全《まっと》うしようとする人間を、なぜ、わざわざ、殺さなくてはならなかったのだろうか？

その点が、大きな謎として残ったままであった。

十津川たち捜査一課の刑事は、十年前に突き止められなかった、殺害の動機を見つけるために、調べ回った。しかしやはり、判明しなかった。

事件から、十年も経《た》っているのだ。捜査が、より困難になっているのは、当然だった。

それが、突然、吉岡浩一郎が、何のために、東京に出かけたのかが、判明したのである。

捜査本部に、一通の手紙が数本のテープとともに送られてきた。

その手紙によって、吉岡浩一郎が、殺害されたと思われる前日、十年前の、三月九日に、東京郊外の小さなホテルで、陸軍の元上級将校たちが集まって、討論会が開かれていたことが、分かったのである。

陸軍の元上級将校たち、五人が集まっての討論会だった。テーマは「陸軍の特攻について」だった。

その討論会に、特攻機の検査官だった吉岡浩一郎が、出席していたことが、分かったのである。

この集まりは、陸軍らしく、「陸兵会」と名づけられてはいたが、非公開だった。ところが、何者かが、その模様を録音していて、そのテープが、捜査本部の、十津川の手元に、送られてきたのである。

テープには、手紙が添えられていた。鮮《あざ》やかな毛筆で書かれた手紙である。宛《あ》て名は「警視庁捜査一課警部　十津川省三様《しょうぞう》」となっており、封筒の裏を見ても、差出人の名前は、なかった。

文面は、次のとおりだった。

〈前略

十津川省三様

貴殿が元陸軍航空技術研究所検査官、吉岡浩一郎氏の事件を捜査されているとお聞きして、何かの参考になるのではないかと思い、このテープをお送りします。

われわれ、陸軍の生き残りの将校たちは、太平洋戦争に敗北し、多くの犠牲者を出してしまったことを、今も決して忘れることなく、折に触れて生き残りたちが集まり、反省の意味を込めた討論会を開くことにしていました。これは、その会の模様の録音テープです。

各自の年齢から考えて、この時の集まりが、いつ最後になってもいいように、特に「特攻」という、難しいテーマにしぼり、また、めったに会合に顔を出さない、参謀本部の井口《いぐち》元少将にも、出席してもらいました。

私もまた、あとわずかの余命しかないことは、もちろん覚悟しております。その間に、親友の吉岡氏の事件が、解決すればいいものと期待して、このテープをお送りすることを、決心いたしました。

このテープによって捜査が進み、犯人の逮捕につながりますことを、心よりお祈り申し上げております。

草々〉

送られてきた数本のテープには、鉛筆で、

「陸兵会　於三鷹市内Sホテル　特攻について討論」

と、あり、それぞれのテープに日付が記《しる》されていた。それぞれの日の討論会に出席した五人の元陸軍将校の名前が、書いてあり、その中に、吉岡浩一郎の名前もあった。

手紙の文面にもあるように、この時に、話し合われた内容が、捜査の参考になるかもしれないと、十津川は期待した。

十津川は、日付の古い順に、テープを聞いていくことにした。

2

テープは、司会者の挨拶《あいさつ》から始まっていた。

「私は今回、司会を仰《おお》せつかりました、元陸軍中尉の志賀照夫《しがてるお》であります。皆さんの年齢を考えますと、あと数回で、この会合も、最後になる恐れがあります。そこで、今回は、国民にとって、もっとも関心のある問題だと考えられる、特別攻撃隊、いわゆる特攻の問題を、取り上げようと思っております。本日、私を含めて五人が集まりました。特攻に関係したことのある方も、いらっしゃるでしょうし、特攻とは関係がなかった方も、いらっしゃると思いますが、どうか、自由に発言をお願いしたいと思います。今回は、参謀本部作戦部長をされていた、井口雄一《ゆういち》元少将も参加されておられます。参謀本部作戦部長といえば、日本陸軍の、作戦の中枢《ちゅうすう》におられました。当然、特攻作戦についても、よく知られる立場にいたと思われますので、井口部長から、まず発言をお願いしたいと思います。井口部長、よろしくお願いいたします」

と、司会者が、井口を促《うなが》した。

「ただ今、司会の方からご紹介をいただきました、参謀本部作戦部長をしておりました、井口雄一であります。まず、お断りしておきたいことがあります。司会の方は、戦時中、私や、私が所属していた参謀本部作戦部が、あたかも特攻に関係があったようなことを、いわれましたが、残念ながら、それは、大きな誤りであり、私は、特攻とは、全く関係がありません。たしかに、私は、南方戦線や、沖縄戦の、作戦部長として、作戦の立案に関係しておりましたが、特攻は、私の領分ではありませんでしたので、全く、関係がありませんでした。今でも、井口は作戦部長だったから、特攻についても、詳しいだろうとおっしゃる方が、たまにいらっしゃって、質問をされることがしばしばあります。しかし、繰り返しますが、私は特攻とは、何もかかわっておりませんでしたので、ご質問にお答えすることは、できないのです。そのことをご理解いただいた上で、今回は、皆さんのご意見などを、拝聴《はいちょう》したいと、考えております。よろしくお願いしたい」

と、井口が、いった。

十津川も、特攻について、書かれた本を、これまでに何冊か、読んでいた。

一般的に特攻というと、航空特攻、つまり、飛行機に爆弾を積んで、敵の艦船に、体当たりしていく特攻のことを、指している。

特攻が問題になる時は、大体、二つに分かれて、問題が提起される。

一つは、何のために、特攻が実行されたのかということだ。特攻の目的と使命である。

二つ目は、特攻という作戦を最初に考え、実行したのは誰なのかという問題である。

特攻について考える場合、一般的にいわれているのは、作戦としては、外道《げどう》であり、本来、やるべきではない攻撃ということである。

しかし、上からの命令を受け、お国のためといいながら、敵艦に体当たりして、若い命を散らしていった特攻隊員の行動は立派で、尊敬すべきである。

二番目の、誰が特攻の発案者であり、実行者なのかという質問に対しては、その答えが決まってきていた。

海軍の場合は、大西瀧治郎《おおにしたきじろう》中将だというのが、現在、もっとも一般的な答えになっているが、本当は、もっと前に発案されており、大西瀧治郎中将は、その命令を伝えるために、フィリピンの航空基地に行き、最初の海軍特別攻撃隊を選んで、実行させたのだともいわれている。

陸軍については、終戦の前々年くらいから、偶発的な特攻は、行われていた。味方の艦船に向けて発射された、敵の魚雷に体当たりしたり、敵機との空中戦で、体当たりするなどだ。

その時点では、まだ、戦闘員各自が、戦況の推移の過程で、独自に決断し、決行した特攻だった、といっていい。

しかしやがて、陸軍航空本部でも、特攻が俎上《そじょう》にのぼるようになった。

当初は、特攻に反対の、意見も強かったというが、戦況は悪化の一途をたどり、ついに、参謀本部の意向も、特攻やむなし、に傾く。

とはいっても、天皇や参謀本部からの、命令とするのは、ためらわれた。参謀本部は、各部隊で、独自に判断せよと、発令したのだ。

今日から見れば、命令系統を曖昧《あいまい》にして、責任の所在を、分かりにくくしたと見られても、仕方がないだろう。

十津川が、送られてきたテープを聞いていると、だいたい、予想したとおりの発言になっていた。

テーマになっているのは、やはり、特攻は何だったのか、誰が発案者なのかという問題で、一般には知られていない統帥権《とうすいけん》という言葉も出てきた。

日本の軍隊が、他国の軍隊と根本的に違うのは、この「統帥権」である。

陸軍には、陸軍省があり、陸軍大臣がいる。海軍にも、海軍省があり、海軍大臣がいる。

陸軍に限っていえば、内閣―陸軍省（陸軍大臣）―軍隊という命令系統だが、日本では、もうひとつの命令系統が存在した。それが、統帥権である。日本の軍隊は、天皇の軍隊という意識が強いため、政治とは無関係、つまり、天皇の直属の軍隊という一面も持っている。

命令系統が、二つできているということである。その根拠となる法律は、昭和十二年に生まれた「大本営令」である。

第一条　天皇ノ大纛《たいとう》下ニ最高ノ統帥部ヲ置キ之《これ》ヲ大本営ト称ス
　　大本営ハ戦時又ハ事変ニ際シ必要ニ応ジ之ヲ置ク

第二条　参謀総長（陸軍）及軍令部総長（海軍）ハ各《おのおの》其《そ》ノ幕僚ニ長トシテ帷幄《いあく》ノ
　　機務ニ奉仕シ作戦ヲ参画シ終局ノ目的ニ稽《かんが》ヘ陸海両軍ノ策応協同ヲ図ルヲ
　　任トス

第三条・大本営ノ編制及勤務ハ別ニ之ヲ定ム

この条文によって、大本営は天皇大権の下における最高唯一の統帥権執行機関で、そこには、幕僚および、各機関の最高統帥部が置かれた。特に戦時下においては、文字通り戦争指導機関として、戦争指導を全面的に実行していた。

そこで、特攻についても、陸軍の参謀本部が関係しているのではないか、関係していなくても、報告はあったはずだから、その実情を知っているはずだという声が、大きくなった。

今回、吉岡浩一郎が参加した会合は、その参謀本部の井口作戦部長が、参加しているので、井口が、特攻について、どう証言するかに、関心を持たれたのだが、井口は、特攻と自分とは、関係なしと、あっさり否定したのである。

その後、井口に向かって、反論を口にする声は、聞こえない。おそらく、作戦部長だった井口に対して、今も遠慮があるのだろう。

何分間かの沈黙があってから、やっと一人が発言した。

「渡辺《わたなべ》元中佐です」

自己紹介する遠慮がちの声が、テープから聞こえてきた。

「いい機会ですから、井口作戦部長に、お伺《うかが》いしたいことがあるのですが、よろしいでしょうか？」

渡辺が、いった。

「もちろんだよ。私に、いったい、どんなことを、ききたいのかね？　遠慮なくききなさい」

井口が、いった。いかにも、上官が、部下を上から見下ろす視線のいい方である。

「海軍の特攻、いわゆる神風特別攻撃隊の最初は、大西瀧治郎中将が、本土からやって来て、フィリピンの基地司令官や現地の司令官を集めて『ここまで来たからは、爆弾を飛行機に積んで敵艦に体当たりするよりほかに、日本がアメリカに勝つべき方法はない。したがって、これから何人かのパイロットに、爆装したゼロ戦に乗り込んで、レイテ湾に集まっているアメリカ艦隊に、体当たりをしてもらいたい』と発言し、この時に、関《せき》大尉を隊長とする敷島《しきしま》隊などに、九人の若いパイロットが選抜されて、出撃していきました。私は、これが海軍の航空特攻の始まりだと聞いています」

「そのとおりだ。私も、そう聞いている」

「一方、陸軍の参謀本部でも、ずっと以前から、特攻を考えていたというウワサを、聞いたことがあるのですが、本当でしょうか？　井口部長は、参謀本部の作戦部長を、なさっておられたということですので、このウワサを、お聞きになっていると思うのですが、その点は、いかがでしょうか？」

渡辺という元中佐が、いかにも遠慮がちに、きく。

上意下達《じょういかたつ》で有名な日本陸軍では、上官には、反抗しないといわれているのを、十津川は聞いていたが、これで分かったような気がした。

テープでは、井口作戦部長が、今の質問に答えている。

「渡辺君といったかね？」

いかにも、相手に対して、教訓を垂れるような口調だった。

「そういうウワサは、たしかに私も、聞いたことがある。東條英機《とうじょうひでき》陸軍大将が、航空総監のアタマをすげ替えたのが、一九四四年の三月だったと思う。更迭《こうてつ》だ。これで一挙に、参謀本部内の雰囲気は変わった。特攻に慎重だった将校たちも、発言をひかえざるを得ない空気が、立ちこめたんだ。そして、五月末だったか、ニューギニアのビアク島近辺で、四機の二式複座戦闘機が、高田勝重《たかだかつしげ》少佐の指揮下、特攻を行った。もしかしたら、これが、組織立った、陸軍での初めての特攻だったかもしれない。とにかく、本部内がざわついて、何か異様な緊張が、張りつめていたのは、私も、肌で感じていたよ」

と、井口は、言葉を選びながら、答えた。

それに対して、渡辺が、食い下がった。

「では、最終の決断は、どなたがされたのでしょうか？　井口部長も、作戦部長の立場に、おられたわけですから、当然、特攻作戦の立案、実施について、何ほどかの責務を担《にな》われたと、推察いたしますが、いかがでしょうか？」

「特攻の最終決断は、だれがしたのかと、きかれても、先ほどからいっているように、私は全く知らなかった。知らされていなかったんだよ。作戦部長とはいっても、しょせん、一介の作戦部長だよ。率直《そっちょく》にいって、当時の戦況にあっては、作戦部長など、あってなきがごときものだった。艦船も戦闘機も、壊滅状態だった。資材も払《ふっ》底《てい》していた。本土決戦に備《そな》えて、温存していた戦闘機も、敵の戦闘機の性能とは、比《くら》べものにもならなかった。国民向けの大本営の発表は、威勢がよかったが、内実はというと、作戦部など、全く機能していなかった。作戦の立てようが、なかったのだ。そのことは、みなさんにも、分かってもらえるだろう？」

井口の声が、しばらく途絶えた。参会者からの発言はなかった。

再び、井口が話しはじめた。

「渡辺君、君は、私に、何度も、しつこく質問をしてくるが、さっきもいったように、参謀本部作戦部長だった時、私は特攻については、全く聞いたことが、なかったのだ。繰り返していうが、わたしは、特攻とは、無関係なんだよ」

と、井口が、いった。

このあと、テープの内容は、特攻の話から沖縄決戦の話になっていった。

井口作戦部長が、沖縄での戦いを誉《ほ》め上げる。

「あの時、大本営としては、何が何でも時間が欲しかった。本土決戦に備えて、いろいろと準備をしなければならなかったからね。そうした大本営の要望に応《こた》えて、牛島《うしじま》司令官も第三十二軍も、本当によくやってくれたと思う。あの奮闘のおかげで、アメリカ軍は、日本軍の抵抗が、本土に近づけば近づくほど、さらに激しくなると考えて、約一カ月間、九州上陸を、遅らせなくてはならなかった。そういう話を、私は聞いたことがある」

その井口作戦部長の話に対して、拍手がわき、そこで、一巻目のテープは、終わった。

3

十津川は、ほかのテープも、次々に聞いていったが、吉岡浩一郎が、登場してくるテープは、なかなか見つからなかった。

十津川が、次々にテープを確認していくと、ようやく、吉岡浩一郎の声が、収められているのを発見した。同じテープに、井口参謀本部作戦部長の声も、入っている。この回の会合にも、出席しているらしい。

このテープでは、なぜ日本軍が、アメリカとの戦争に、突入してしまったのかが、討論の大きなテーマになっていた。

そこでも、井口作戦部長が中心になって、しゃべっている。

「今から考えると、アメリカとの戦争は、やってはいけない、絶対に避けるべき戦いだったんだ。私は戦前、アメリカに行ったことがあるが、アメリカの工業力は、日本の軽く十倍は超えていたね。とにかく、アメリカというのは、日本とは比べものにならない、恐ろしいばかりの、強大な国だ。だから、真珠湾《しんじゅわん》を奇襲して、いくら、緒戦《しょせん》で勝ったといっても、持久戦になったら、間違いなく、日本が負けるに決まっている。私だけではなくて、多くの、参謀本部の人間が、アメリカとは、戦争をやるべきではないと、裏ではいっていたんだ。それなのに、何というか、時流に流されてしまったんだろうね。気がついた時には、いやでも、アメリカと戦わないわけにはいかないような、そんな空気に、なっていたんだ」

「発言してよろしいでしょうか？」

井口よりも、やや若い声の男が、発言した。

「君、名前は？」

「北川《きたがわ》元中尉です」

「何だね？」

「今、井口部長は、アメリカは、日本が戦ってはいけない、強大な力を持った相手だった、持久戦になったら、アメリカに絶対に勝てるわけがないと、いわれましたが、そうすると、当時の参謀本部は、アメリカとは、戦うべからずという空気だったんでしょうか？」

と、北川元中尉が、きく。

「そのとおりだよ。勝てると思っていた人間は、ほとんどいなかったと、いってもいいだろうね」

「それなら、どうして、そんな、強大な力を持った国と、戦争を、始めてしまったんでしょうか？　最初から勝てないと分かっていたら、戦わなければ、よかったのではありませんか？」

「もちろん、北川君のいうとおりだよ。誰が見ても、あの戦争は、無謀な戦いだったし、やるべきではなかった。それなのに、日本は、アメリカとの戦争に、突入してしまった。どうしてかといえば、その時の空気というか、雰囲気だったと、私は、いっているんだよ。一人一人に聞けば、日本より、数段も国力が勝っているアメリカとは、戦争をやるべからずと、誰もがそう思っていた。しかし、参謀本部全体というか、陸軍全体、いや、もっといえば、日本国全体が、アメリカという国はけしからん、アジアのためにも戦争をやってやろうじゃないかという、勇ましい空気で溢《あふ》れていたんだ。したがって、あの空気に反対するのは難しかった。だから、君に、あの時、どうして、戦争を始めたのですかときかれても、そう答えるより、仕方がない。ただ、一言だけつけ加えれば、戦争を始めたのは仕方がなかったとしても、一日も早く、止《や》めるべきだったね。その点は、参謀本部にいた人間として、私は、今でも大いに後悔しているんだ」

と、井口が、いった。

その後、開戦と、終戦とでは、どちらが難しかったかとか、ミッドウェイ海戦の敗北の原因は、いったい、どこに、あったのかとか、そういう内容の討論が、続いていたが、最後のほうになって、北川とは、明らかに異なる声の男が、いった。

「元陸軍航空技術研究所の検査官、吉岡浩一郎です。ぜひとも、参謀本部作戦部長のお立場の、井口部長に、おききしたいことがあります。以前お話を伺った時には、井口部長は、特攻については、何も、知らなかった。自分が所属していた作戦部は、特攻について、関係はしていない。したがって、特攻を誰が発案し、どのような経緯で発令されたのかといったことも、自分は、知らないのだと、おっしゃいましたね？」

テープから流れる吉岡の声を聞いた、十津川の顔に、緊張が走った。

「そのとおりだ。事実だから、そのとおりに、話しただけだ。どこかに何か問題があるのかね？」

「井口部長が、そうおっしゃられたことは、よく覚えております。しかし、特攻というのは、それまでの、陸軍の作戦と、全く違った戦いに、なるわけですから、どうしても、天皇陛下の認可が、必要になります。戦争の形態が違ってくるわけですから。ということは、天皇陛下の認可が、必要である以上、書類を作り、参謀本部作戦部長のあなたが、判を捺《お》さなければ、認可は得られないのではありませんか？　昭和十九年の五月に始まった、陸軍の特攻作戦は、翌二十年八月十五日の玉音《ぎょくおん》放送まで、ずっと続いていたわけですから、間違いなく、天皇陛下の承認を、得ていたはずです。とすれば、参謀本部作戦部長の要職にあった井口部長が、特攻について、何も知らなかったといわれるのは、おかしいのでは、ありませんか？　当時の状況を考えれば、そんなことは、まずあり得ないと、思うのですが、いかがでしょうか？」

「君も知っているように、参謀本部というのは、いくつかの部課に、分かれているんだ。その中で、私が所属していた作戦部というのは、特攻の担当ではなかった。ほかの部で、特攻の認可を、与えていたところがあったのかもしれないが、少なくとも、私のいた作戦部では、特攻について研究したという事実は、全くない。信じられないというのなら、自分で、調べてみることだ。そうすれば、分かるはずだよ」

「もう一度、井口部長のところに、持っていったことがあるのです。その時、井口部長は、その書類に目を通すと、認可の判を、捺されました。どうですか、そのことを、覚えていらっしゃいませんか？」

「それは、君の勘違いだよ。私には、そうした書類に、判を捺したという記憶はない。君はたしか、吉岡君といったね？」

「はい、吉岡です」

「もしかしたら、吉岡君、君が、認可の判を、捺してしまったんじゃないのかね？　私に黙って、私の判を、勝手に捺してしまったということだって、考えられないことではないだろう？　その頃、私は、いつでもすぐに捺せるように、机の上に、判を出しっぱなしにしておいたからね。もし、そんなことをしたとしたら、君は間違いなく、陸軍から追放だったね」

井口が、いうと、なぜか、大きな笑い声が、起きている。

「ここに、文書があります。防衛省の図書室に、あったものです。ここに間違いなく、井口部長の名前が、書かれ、判が捺されています」

吉岡が、いった。

「その書類は、ニセモノだよ。おそらく、誰かに偽造されたものだ。それ以外は、考えられない。なぜなら、私は、そんな書類を見た覚えはないからね」

と、井口が、いった。

吉岡が、

「しかし」

と、いいかけたところで、この日の司会者の元少佐が、吉岡の発言を、遮《さえぎ》って、

「議論が白熱しており、まだまだ話は尽きないようでありますが、残念ながら、終了の時間になってしまいました。申し訳ありませんが、今回の討論会は、この辺で、お開きということに、させていただきたいと思います。この続きは、次の会合に回したいと考えております。皆さん、本日は大変ご苦労様でした」

と、強引に、会を終了させてしまった。

4

そこからはまた、特攻とは関係のないテープが、何本かあった。

十津川が、辛抱《しんぼう》強く、テープの内容を確認していくと、また井口作戦部長と吉岡浩一郎の声が録音されたテープにぶつかった。日付は、吉岡が殺された前日、三月九日となっている。

今度のテープの最初の部分は、硫黄島《いおうとう》の戦いを描《えが》いたアメリカ映画についての、感想を述《の》べあったりして、時として笑い声が起こる、和気あいあいとした雰囲気で進んでいたが、しばらくして、急に、

「井口部長に、お願いしたいことがあるのですが、よろしいですか？」

吉岡の声が、飛び出した。

「何だ、また君かね」

井口が、明らかに、不機嫌と分かる声で、いう。

「毎回毎回、君は、本当に熱心だな。よほど、私のことが、好きなんじゃないのか？」

また、笑い声が、起こる。

「どうしても、特攻の件について、作戦部長だった井口部長のお答えをいただきたいのですよ。私の願いは、それだけです」

一瞬の沈黙があってから、井口が、

「たしか、吉岡君だったね？」

「そうです。陸軍航空技術研究所におりました、吉岡浩一郎です」

「いいかね、この間も、君に説明したように、何をきかれても、私は、特攻と関係したことは、一度もない。したがって、いくら君が私に、特攻について、質問してもだね、私には、答えることが何もないんだ。先日、そう説明したはずだが、それでも、納得できないのかね？　君は、私に、いったい、何を、求めているんだ？　私には、君の質問の真意が、さっぱり理解できないんだよ。もうこれ以上、私としては、君と、議論をする必要はないと思うんだが」

井口は、突き放すような口調で、吉岡に、いった。

「先日は、残念ながら、途中で時間切れになってしまい、井口部長にお答えをいただく前に、会が終了になってしまいました。今日は、まだ時間が十分にあると思いますので、ぜひ、私の質問に、答えていただきたいのです。元参謀本部の井口部長にしてみれば、ごく簡単な質問です」

吉岡は、そういって、執拗《しつよう》に食い下がり、井口が、何も、答えずにいると、さらに言葉を続けて、

「当時、私は九州の陸軍基地にいて、沖縄に向かう特攻機を見送り、あるいは直掩《ちょくえん》に当たっていました。飛び立っていく特攻隊員に向かって、私もすぐ後に続くからといって、何回見送ったか、分かりません。実は今、私は、ポケットの中に、致死量の青酸《せいさん》カリを、持っています。今もいったように、私は、戦争中、九州の特攻基地で、特攻隊員を見送るたびに、君たちだけを死なせたりはしない、私も、すぐ後に続くと、いい続けたのです。ですから、いつでも、ポケットの中の青酸カリを飲んで、亡くなった若い特攻隊員のもとに行く覚悟が、できているのです」

直掩とは、味方の艦隊や飛行場の上空を周回し、敵の航空機を迎撃して、味方の艦船や飛行場を守ったり、攻撃に向かう味方の航空機を掩護することをいう。

「君、何を、バカなことをいっているんだ。戦争は、とっくの昔に、終わっているんだ。だから、青酸カリを持っている必要なんか、何もないんだよ」

と、井口が、いう。声が、少しふるえているように、聞こえる。

「たしかに、戦争は、六十年前に、終わっています。しかし、私は、今も申し上げた

ように、若い特攻隊員に、約束しました。何回でもいいます。君たちだけを、死なせたりはしない、私も、すぐ後に続くと、そういい続けてきたのです。井口部長も、作戦部長として、特攻を、認めていらっしゃいました。早くから、特攻のことを、ご存じのはずでした。何回も、特攻隊員に対して、認可の判を、捺していらっしゃいました。したがって、その頃の井口部長も、私と同じように、死んでいった、若い特攻隊員たちに向かって、後から続くという気持ちを、お持ちだったと思います。私は、今、ポケットの中に、致死量の青酸カリを持っていると、申し上げましたが、実は、私の分とは別に、もう一人分、青酸カリを持ってきているのです。井口部長も、この辺で潔《いさぎよ》く、特攻で死んでいった若者たちの後に続いて、サムライ精神を見せてください。お願いします」

と、吉岡が、いった。

テープを聞いていて、十津川は、思わず、緊張した。

吉岡が、口にしたのは、青酸カリの所持と、井口元参謀本部作戦部長に対して、その青酸カリを、一緒に飲んでほしいと、迫る言葉だった。

しかし、井口元少将にしてみれば、まるで、ギラギラ光る刃物を、突きつけられたような気持ちだったのではないだろうか？

そのため、吉岡に応える井口元部長の声は、とぎれとぎれに、聞こえた。

「私は――たしかにだ。戦争中――作戦部長だった。それはだ――間違いないが――しかしだね。何回でもいうが――特攻についてはだ――関係ないんだ――とにかく――戦争はもう――終わったんだよ――君、――終わったんだ――もう死ぬ必要はないんだ――」

吉岡浩一郎は、さらに粘って、井口に食い下がっている。

「井口部長は、フィリピンのファブリカから特攻を行った『八紘隊《はつこう》』の田中秀志《たなかひでし》中尉を、おぼえていらっしゃいますか？」

「ああ、もちろん知っている。あの時の戦果は、すごかった」

「そうです。十機の一式戦闘機で、特攻を行い、戦艦一隻、大型巡洋艦三隻、大型輸送艦四隻の、合計八隻を撃沈。加えて、戦艦または大型巡洋艦一隻と大型輸送艦一隻を、大破炎上させています」

「参謀本部の人間で、彼らのことを知らない人は、いないだろう。それがどうしたんだ？」

「防衛省の指令室から、こんなものを、借りてきました」

と、吉岡が、いった。どうやら、一枚のメモを取り出したらしい。

「今、名前をあげた、田中秀志中尉ですが、ここにある電文を、井口さんの許可を得て、打っているのです。要約すると、特別攻撃隊について、公《おおやけ》に発表することは、全軍の士気を高揚《こうよう》させ、国民の戦意を、大いに振起させるものだ。各隊が、特攻を実施するたびに、彼らの尽忠《じんちゅう》に報《むく》いるため、時期がきたら、よろしく取りはからっていただきたい、という趣旨の電文です。田中秀志中尉が、あなたの承認を得て、この電文を発信したのは、昭和十九年の十月十三日のことです。電文には、あなたの判も捺してあります。ですから、井口部長、あなたが、特別攻撃隊のことを、何も知らなかったとおっしゃるのは、おかしいのではありませんか？　こんな、歴然とした証拠も、残っているのですから、今さら、ウソなどはつかずに、正直に、特攻に関係していたことを、お認めになったら、いかがですか？　戦時中に特攻で死んだ若者たちの数は、五千人を超えていると、いわれています。私は、彼らに、後に続くと、約束していますので、さっきも申し上げましたが、ここに、致死量の青酸カリを、持っています。井口部長、あなたには、若い特攻隊員に続いて、特攻しなければならない義務があります。そうでなければ、若者たちを、いたずらに死なせた責任を、いったい、どうやって、取るというのですか？　もし、井口部長に、覚悟がおありなら、私の持っている青酸カリを、すぐ差し上げますから、一緒に飲んで、亡くなった特攻隊員に、遅ればせながら、ともに続こうじゃありませんか」

吉岡は、緊張した声で、井口に向かって、いった。

吉岡浩一郎の突然の発言と行動で、その場は、異常な雰囲気になった。おそらく、ポケットから、青酸カリを取り出して、それをかざしてみせたのだろう。

テープには、その騒ぎが、音になって残っている。

「吉岡、いい加減にしろ」

という罵声《ばせい》も、入っていたし、

「井口部長、責任を持って、吉岡の気持ちに応えてください」

という声も、聞こえた。あるいは、

「今日は、もう、これ以上続けても、何の意味もない」

という、そんな声も混ざっている。

そこまで聞いて、十津川は、テープを、止めた。

この頃、吉岡浩一郎は、特攻とは関係がないといい逃れをする、井口元作戦部長こそ、最高の特攻の責任者と考え、ずっと、追いかけまわしていたのだろう。そして、何とかして、責任を取らせようとした。

その覚悟で、井口の分の青酸カリまでポケットに入れて、井口の居場所を探し、対決しようとしていたのだ。

この討論会の翌日、吉岡浩一郎は、何者かに殺されてしまった。

今までは、動機も容疑者も、十津川には、分からなかったが、これで、そのどちらもはっきりした。青酸カリは、その何者かが、捨てたのだろう。

(おそらく、これで捜査は一気に前進するに違いない)

と、十津川は、思った。

5

十津川は、捜査会議で、自分の考えを、三上刑事部長に説明した。

吉岡浩一郎は、井口元参謀本部作戦部長が、戦時中、特攻について、何も知らなかった、何も関係ないといって、今まで、いい逃れをしてきたことに、ずっと、怒りを持っていたに違いない。

参謀本部は、陸軍における、最高の作戦決定機関である。しかも、その参謀本部の作戦部長の井口が、特攻について、何も知らなかったはずはないと、吉岡は、思っていたのだろう。そして、怒りをたぎらせていたのだ。

そこで、会で一緒になった時を利用して、吉岡は、井口を追いつめていったのだ。

それでも、最後の最後まで、井口は、吉岡の言葉を、頑《かたく》なに否定し続け、吉岡の追及から、逃げ回った。

このため、井口本人か、あるいは、その関係者や仲間が、戦時中の特攻に、井口が、関係していたはずだといって、執拗に絡んでくる、吉岡浩一郎のことが、疎《うと》ましくなって、その口を封じるために、殺したに違いないと、十津川は考えた。

おそらく、十津川のこの推理は、間違ってはいないだろう。

だが、その一方で、事件は完全解決しないことも、十津川には、分かっていた。

数日後、十津川と亀井は、井口の自宅を訪ねた。

十津川の想像通り、井口は七年前、病気で死亡していた。九十五歳だった。

応対に出たのは、七十歳過ぎという井口の息子だった。

「警察の方が、父に何か――？」

訝《いぶか》しげにきく息子に、

「十年前の、殺人事件の被害者が、軍隊時代、井口さんの部下でしてね。もし、生きていらっしゃれば、お話をお伺いできればと、思っていたのですが」

と、十津川が、いった。

仏壇には、井口の遺影が置かれ、軍隊時代の勲章が、飾られてあった。

「父は、陸軍参謀本部の作戦部長だったことを、とても、誇りに思っていました。いつも、軍隊時代の話を、聞かされていましたから」

井口の息子が、いった。父親を尊敬していることが、その口調からも分かった。

十津川は、複雑な心境で、井口の遺影を見つめた。この男のために、五千人を超える若い特攻隊員が、命を落としたのだと思うと、何ともいえない気持ちになった。

井口が、直接手を下した可能性は、少ないが、本人が亡くなった今となっては、実行犯も分からない。井口が犯人だという、証拠もないため、事件は未解決のまま、捜査を終了することになった。

6

二〇一五年三月十三日、十津川と亀井は、再び、吉岡浩一郎の故郷、柏崎市に降り立った。

明日の、北陸新幹線開通を控え、町の雰囲気も明るい。柏崎駅では「ようこそ。越《えち》五《ご》の国へ。」と描かれた、黄色と紺のポスターが、ひときわ目を引く。

ちょうど、昼どきだったので、柏崎名物だという鯛《たい》茶漬けを、食べに行くことにした。鯛めしの上に、鯛の揚《あ》げたものと、イクラ、ねぎが、載《の》っている。

まずは、鯛めしをそのまま食べ、その後、お茶漬けにして、食べるといい、と、店長が、教えてくれた。好みで鯛のすり身、わさび、岩のり、三つ葉などをかけて食べる。

「美味《うま》いね」

十津川は、思わず、いった。

そこへ、吉岡浩一郎の孫娘、めぐみがやってきた。市長ら男性数人と、一緒である。

十津川は、市長と握手を交わした。

「鯛茶漬けは、いかがでしたか」

「大変美味《おい》しいですね。東京にはない味です」

「全国ご当地どんぶり選手権で、グランプリを受賞したんです。柏崎の自慢ですよ」

市長は、にこやかに、いった。

「さきほど、駅で『越五の国』というポスターを、見ましたが」

「北陸新幹線の上越妙高駅に近い、五つの市が連携して、プロジェクトを、推進しているんです。柏崎市、上越市、妙高市、十日町《とおかまち》市、佐渡市の五市です」

「『越後』と『越五』をかけているんですね」

「そうです。どの町も、いいところですから、今度は、ぜひ、休暇で、いらしてください」

市長は、国の重要無形文化財である、民俗芸能「綾子舞《あやこまい》」や、福浦《ふくうら》八景などの名所を、いくつか、教えてくれた。

翌日、三月十四日。北陸新幹線開通の日。

北陸新幹線の新駅でも、新幹線の開通と、合わせて、これまで、新幹線の開業に尽力した関係者の表彰も、行われることになった。上越妙高駅でも、式典が行われた。

表彰者の中に、吉岡浩一郎の名前もあった。

孫の吉岡めぐみも、柏崎市長も、会場に参列していた。

十津川は、同じく会場に来ていた、新潟県警の、田代刑事の姿を見つけて、声をかけた。

「結局、事件は解決しないままでしたね」

田代が、いう。

「井口も亡くなっていますし、確証もないので、仕方ありませんね」

「これも、戦争が生んだ、悲劇なんでしょうね」

亀井が、新しい駅舎を見ながら、いった。

式典が、始まった。挨拶に立ったJR東日本の社長は、

「今日は、二重に、おめでたい日であります。念願であった北陸新幹線が、ついに開通し、その開通に、功績のあった方々の表彰も、行われます。その中には、かつて、JR東日本の技術顧問をされていた、吉岡浩一郎氏も、含まれています。残念ながら、吉岡氏は、十年前に、この世を去られました。しかし、その功績はJR東日本の歴史に、刻まれていくことでしょう。

戦後、国鉄で新型車輌の開発にあたり、定年後も、国鉄が民営化、分割してからは、JR東日本に移り、故郷である新潟に戻られました。技術顧問として、JRに残られ、今回の、北陸新幹線の車輌設計にも、大いに貢献されました。本日、開業を迎えられましたのも、吉岡氏の尽力あってのことだと、思っております。二重におめでたいこの日を、私は『北陸新幹線ダブルの日』と、呼びたいと思います」

と、笑顔で、いった。

本書は、徳間書店より二〇一四年一二月新書判で、一六年七月文庫判で
刊行されました。
なお、本作品はフィクションであり、実在の個人・団体などとは一切関
係がありません。

北陸新幹線ダブルの日

一〇〇字書評

切・り・取・り・線

購買動機（新聞、雑誌名を記入するか、あるいは○をつけてください）	
□（　　　　）の広告を見て	
□（　　　　）の書評を見て	
□ 知人のすすめで	□ タイトルに惹かれて
□ カバーが良かったから	□ 内容が面白そうだから
□ 好きな作家だから	□ 好きな分野の本だから

・最近、最も感銘を受けた作品名をお書き下さい

・あなたのお好きな作家名をお書き下さい

・その他、ご要望がありましたらお書き下さい

住所	〒				
氏名		職業		年齢	
Eメール	※携帯には配信できません	新刊情報等のメール配信を 希望する・しない			

この本の感想を、編集部までお寄せいただけたらありがたく存じます。今後の企画の参考にさせていただきます。Eメールでも結構です。

いただいた「一〇〇字書評」は、新聞・雑誌等に紹介させていただくことがあります。その場合はお礼として特製図書カードを差し上げます。

前ページの原稿用紙に書評をお書きの上、切り取り、左記までお送り下さい。宛先の住所は不要です。

なお、ご記入いただいたお名前、ご住所等は、書評紹介の事前了解、謝礼のお届けのためだけに利用し、そのほかの目的のために利用することはありません。

〒一〇一‐八七〇一
祥伝社文庫編集長　坂口芳和
電話　〇三（三二六五）二〇八〇

祥伝社ホームページの「ブックレビュー」からも、書き込めます。

www.shodensha.co.jp/bookreview

祥伝社文庫

北陸新幹線《ほくりくしんかんせん》ダブルの日《ひ》

令和 3 年 3 月20日　初版第 1 刷発行

著　者　西村《にしむら》 京太郎《きょうたろう》

発行者　辻　浩明

発行所　祥伝社《しょうでんしゃ》

東京都千代田区神田神保町 3-3
〒101-8701
電話　03（3265）2081（販売部）
電話　03（3265）2080（編集部）
電話　03（3265）3622（業務部）
www.shodensha.co.jp

印刷所　堀内印刷
製本所　ナショナル製本
カバーフォーマットデザイン　芥 陽子

Printed in Japan ©2021, Kyōtarō Nishimura ISBN978-4-396-34715-4 C0193

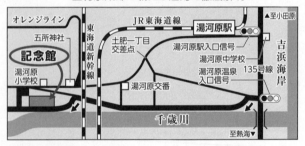

祥伝社文庫の好評既刊

西村京太郎
急行奥只見《おくただみ》殺人事件

新潟・浦佐から会津若松への沿線で連続殺人!? 十津川警部の前に、地元警察の厚い壁が……。

西村京太郎
私を殺しに来た男

十津川警部が、もっとも苦悩した事件とは？ ミステリー第一人者の多彩な魅力が満載の傑作集！

西村京太郎
十津川警部捜査行 恋と哀しみの北の大地

特急おおぞら、急行宗谷、青函連絡船――白い雪に真っ赤な血……旅情あふれる北海道ミステリー作品集！

西村京太郎
特急街道の殺人

謎の女『ミスM』を追え！ 魅惑の特急が行き交った北陸本線。越前と富山高岡を結ぶ秘密！

西村京太郎
十津川警部 絹の遺産と上信《じょうしん》電鉄

西本刑事、世界遺産に死す！ 捜査一課の若きエースが背負った秘密とは？ そして、慟哭の捜査の行方は？

西村京太郎
出雲《いずも》 殺意の一畑《いちばた》電車

駅長が、白昼、ホームで射殺される理由――山陰の旅情あふれる小さな私鉄で起きた事件に、十津川警部が挑む！